JOANA BANANA

Cristina Porto

Ilustrações **Alcy Linares**

editora ática

Joana Banana
© Cristina Porto, 2001

Diretor editorial	*Fernando Paixão*
Editora	*Carmen Lucia Campos*
Editor-assistente	*Emílio Satoshi Hamaya*
Preparadora	*Maria Luiza Xavier Souto*
Coordenadora de revisão	*Ivany Picasso Batista*
Revisores	*Agnaldo dos Santos Holanda Lopes*
	Liliane Fernanda Pedroso

ARTE
Editora	*Suzana Laub*
Editor-assistente	*Antonio Paulos*
Editoração eletrônica	*Estúdio O.L.M.*
	Eduardo Rodrigues
Ilustração do personagem Vaga-Lume	*Eduardo Carlos Pereira*
Tratamento de imagem	*Cesar Wolf*

CIP-BRASIL. CATALOGAÇÃO NA FONTE
SINDICATO NACIONAL DOS EDITORES DE LIVROS, RJ

P881j

  Porto, Cristina, 1949-
    Joana Banana / Cristina Porto ; ilustrações de Alcy Linares. - 1.ed. - São Paulo : Ática, 2002.
    136p. : il. - (Vaga-Lume Júnior)

  Contém suplemento de atividades
  ISBN 978-85-08-08166-0

  1. Literatura infantojuvenil brasileira. I. Linares, Alcy, 1943-. II. Título. III. Série.

09-3774.   CDD: 028.5
                                      CDU: 087.5

ISBN 978 85 08 08166-0 (aluno)
ISBN 978 85 08 08201-8 (professor)
Código da obra CL 731421
CAE: 218608
Cód. da OP: 248571

2024
1ª edição
26ª impressão
Impressão e acabamento: Forma Certa Gráfica Digital

Todos os direitos reservados pela Editora Ática S.A.
Avenida das Nações Unidas, 7221 – CEP 05425-902 – São Paulo, SP
Atendimento ao cliente: 4003-3061 – atendimento@atica.com.br
www.atica.com.br

IMPORTANTE: Ao comprar um livro, você remunera e reconhece o trabalho do autor e o de muitos outros profissionais envolvidos na produção editorial e na comercialização das obras: editores, revisores, diagramadores, ilustradores, gráficos, divulgadores, distribuidores, livreiros, entre outros. Ajude-nos a combater a cópia ilegal! Ela gera desemprego, prejudica a difusão da cultura e encarece os livros que você compra.

JOANA BANANA

Conhecendo
Cristina Porto

Cristina Porto nasceu na cidade paulista de Tietê, onde morou até os 19 anos. Depois, foi para a capital, estudou Letras, formou-se professora, deu aula, trabalhou em várias publicações infantojuvenis. Até que descobriu ser uma grande escritora. Escreveu um livro, depois outro, e outro e mais outro... Hoje ela tem mais de cinquenta livros publicados!

Além de divertir e emocionar os leitores com suas histórias, Cristina também gosta de cozinhar, viajar, ouvir música, cantar, namorar, enfim, curtir a vida.

E o futebol? Ela entende de futebol? Entende muito, gosta e vibra, tanto quanto a Joana Banana. É só conferir nesta história.

Sumário

1. À espera do camisa 11 — 7
2. A casa-lar — 10
3. Um porém desafinado — 12
4. O plebiscito — 16
5. A apresentação da camisa 11 — 18
6. A camisa 11 em ação — 25
7. O doce sabor da vitória — 29
8. A Banana Rosa de Santo Antônio — 33
9. Um novo confronto — 38
10. Os movimentos da nova rotina — 42
11. Vitória: gestação e nascimento — 46
12. A interferência inesperada — 51
13. Tempo de sonhar — 55
14. Interlúdio — 59
15. Tempo de viver e sonhar — 62
16. O clube dos vitorianos — 66
17. Uma visita em sinfonia — 71
18. A cabeça (sonhadora) no lugar — 78

19. *Contagem regressiva*	**80**
20. *À espera da grande festa*	**82**
21. *13 de junho*	**86**
22. *Mahler, Bombom e Caramelo*	**93**
23. *A questão do sim ou não*	**98**
24. *O depois da festa*	**100**
25. *Férias, suor e saudade...*	**102**
26. *Agosto, mês do desgosto*	**106**
27. *Uma véspera mais que especial*	**109**
28. *Emoção em dose dupla*	**111**
29. *Primeiro tempo*	**114**
30. *Intervalo*	**117**
31. *Segundo tempo*	**118**
32. *A torcida verde-amarela*	**121**
33. *O dia seguinte*	**126**
34. *Epílogo*	**128**

1   À espera do camisa 11

— Olha lá, pessoal! Chegou o caminhão de mudança! Nossa! Como está carregado! Vasos de flores, camas, sofá, armários, fogão, geladeira, televisão... Ué... Mas cadê as pessoas?

— Calma, gente. Olhem, aquele deve ser o pai. Aquela, a mãe. E agora... Agora deve ser, agora tem que ser o nosso... o nosso camisa 11!

— Puxa, a gente custou tanto pra formar aquele timaço e, de repente, o Zito vem e diz que vai se mudar. Por essa a gente não esperava, hein?

— É mesmo! Foi um desfalque e tanto no time. Ponta-esquerda como o Zito vai ser difícil aparecer outra vez.

— Xi, pelo jeito esses pais não têm filhos. Eu nem estou ouvindo barulho de criança. Só faltava essa! A casa ficou desocupada um tempão e ainda vem uma família sem ponta-esquerda?

— Nem que seja um jogador de defesa, nem que seja goleiro, caramba! O que importa é que venha um jogador pro nosso time!

Eram dez carinhas cheias de expectativa, escondidas em cima da carroceria de um caminhão, um pouco afastado da casa que a nova família iria ocupar. Era um time que havia ficado sem o Zito e agora esperava desesperadamente pelo seu substituto.

Era uma rua calma, entre outras tantas, também calmas, ruas cheias de casas, praças cheias de crianças... Tudo isso fazia de Santo Antônio das Rosas um lugar alegre e aconchegante, que precisava urgentemente de novos craques...

O Espelunca Futebol Clube esperava ansiosamente por um deles para poder funcionar e brilhar naquele ano que estava começando. Ano novo e vida nova, com um time completo e entrosado, esse era o maior desejo de todos os seus dez jogadores.

— É. Pelo jeito a família não tem filhos mesmo. Já desceram pai, mãe, todos os móveis... Melhor a gente voltar pra casa, turma.

E o time desfalcado já ia se retirando desanimado, desolado, quando uma voz de mulher interrompeu o silêncio:

— Manoel do céu! Cadê Jo... Jo...

— Peraí, pessoal! A voz era de mãe. E a mãe falou Jo, Jo...

Outra vez a voz de mãe para aumentar ainda mais a expectativa da turma:

— Cadê Jo... Jo... Uaaaatchim! Virgem Maria, a gripe me pegou!

A expectativa havia atingido o grau máximo na cabecinha de cada um. O Espelunca já estava em ação, emplacando um gol de cabeça num lance primoroso de João, que havia rompido uma barreira de cinco adversários desde o início da grande área, driblando dois, dando um chapéu em outro... Dava para jurar, pela

expressão dos rostos, que naquele exato momento cada um imaginava uma jogada diferente, mas igualmente espetacular!

Mas outra vez a voz, desta vez sem a interrupção de espirros:

— Cadê nossa filha, Manoel? Será que ficou dormindo no caminhão? Joaaaaaana! Acorde, menina, que a gente já chegou na casa nova!

Por essa a molecada não esperava!

— O quêêê? Joana? Joana?

— Então, só pode ser uma Joana Banana, isso sim!

Dessa vez, em coro...

— Joana Banana, Joana Banana! Banana, banana e banana!

Foi essa a recepção que a pobre da Joana teve quando desceu do caminhão, esfregando os olhos, sem entender nada de nada. Parada no meio da calçada, em frente à sua nova casa, ainda meio zonza, olhava de um lado para outro, tentando localizar de onde vinham as vozes.

— Já estou indo, mãe! Não precisa gritar desse jeito!

É, o pessoal não se conformava mesmo com a chegada de uma Joana no lugar de um João.

E o Espelunca, como é que ficava? Só que a Joana, coitada, continuava entendendo cada vez menos.

— Mas que coisa! Mal cheguei e já começaram a implicar comigo? Que negócio é esse de me chamar de Joana Banana? Ah, mas depois que a gente se acomodar vou tirar isso a limpo. Esses atrevidos vão ver só!

— Ande, menina, entre logo, que ainda temos muito trabalho pela frente!

2 A casa-lar

A casa da família Carvalho, de construção antiga, pintada de amarelo e azul, em tons claros, era térrea, grande e bem arejada. O jardim era pequeno, mas, em compensação, o quintal era enorme. Sorte de dona Teresa e seu Manoel, que adoravam lidar com a terra: ela poderia cultivar suas flores e ele, sua horta.

A família chegou e, aos poucos, foi ajeitando a casa: o sofá da sala mudou três vezes de lugar, até ficar na melhor posição e, em função dele, todos os outros móveis também foram mudando. Isso aconteceu com quase todos os cômodos da casa, menos com a cozinha, que já tinha definidos os lugares do fogão e da geladeira.

À medida que os dias iam passando, pai, mãe e filha também iam se ajeitando, ocupando o novo espaço e tomando posse de seus respectivos "cantos".

Assim, a casa não demorou muito para ter o aconchego de um doce lar.

A maioria dos móveis tinha um valor afetivo: ou eram herança de família, como as cômodas, a cadeira de balanço, o lavatório, o porta-chapéu e as cristaleiras, ou tinham sido idealizados por seu Manoel.

Tudo isso criava um ambiente propício para aquecer, aconchegar... Quando dona Teresa estava na cozinha, às voltas com os quitutes que fazia sob encomenda, até quem passava na rua tinha vontade de entrar... Dava vontade de entrar e de não sair. E, por mais que o passeio estivesse bom, voltar para casa sempre era uma delícia.

Seu Manoel vivia dizendo:

— Foi muita sorte ter trabalhado a maior parte da minha vida numa fábrica de móveis, justo eu, que gosto tanto deles.

— Por que, pai? — retrucava Joana, toda vez, pois adorava ouvir a resposta.

— Ora, minha filha, porque eles podem dar conforto para as pessoas, que precisam de uma boa cadeira para sentar, uma boa mesa para reunir a família na hora da comida, uma ótima cama para dormir, um bom sofá ou uma boa poltrona para tirar um cochilo e esquecer da vida...

— O senhor adora fazer isso, né, pai? A poltrona da sala já está com a marca do seu corpo. Nem adianta a gente querer sentar, porque não se ajeita, não se acomoda. Parece até que ela fica dizendo: "Saia, sou do seu pai, só dele!".

— A mesma coisa vive me dizendo sua rede, filha...

Para completar o cenário, só faltava a companhia daqueles que sempre fizeram parte da vida de Joana: os animais. Com a morte do cachorro Farofa, a família resolveu dar um tempo para se recuperar da perda. Só que esse tempo tinha se alongado um pouco mais por causa da mudança para Santo Antônio.

E eles acabaram chegando, nem foi preciso ir atrás. Chegaram juntos, no mesmo dia, um pelas mãos de seu Manoel e outro pelas mãos de Joana. Ambos em uma caixinha de papelão, magrinhos e famintos.

Pai e filha se encontraram quase na porta de casa, numa tarde chuvosa, e, quando um olhou para a caixa do outro, foi um riso só.

— Onde o senhor achou essa feiurinha, pai?

— Coitadinho, Joana, não fale assim dele. Estava abandonado dentro de uma lixeira, imagine! Ainda bem que miou mais alto quando eu passava, e o jeito foi trazê-lo comigo.

— Outra coincidência, pai! Este sarnentinho também estava no meio de um monte de sacos de lixo, o senhor acredita? E gania de um jeito que cortava o coração!

A reação de dona Teresa? Quase chorou de pena dos enjeitados!

— Vamos tratar dos dois e ficar com eles, claro. Criados juntos, desde pequenos, vão se tornar amigos.

Foi assim que Caramelo, o vira-lata que, apesar da sarna, mostrava bem forte o tom de sua cor, e Bombom, o gato magro e quase sem pelo, mas bonzinho que ele só, passaram a ter uma família. E, cuidados com tanto amor e carinho, em pouco tempo se tornariam irreconhecíveis.

Agora, sim, o lar da família estava completo.

— Quando a vó Rosa e o vô Teo voltarem, então, a nossa vida vai ficar mais alegre e mais completa!

Os avós de Joana, pais de dona Teresa, já moravam em Santo Antônio das Rosas há algum tempo, só que estavam viajando quando eles chegaram.

3 Um porém desafinado

Se o lar estava completo, a paz era parcial, pois Joana ainda continuava enfrentando aquele probleminha... No começo, era mais constante, depois foi rareando, mas, de repente, quando a menina pensava que a provocação tinha acabado, lá vinha a voz, mal punha os pés fora de casa...

— Joana Banana, Joana Banana, Joana Banana!

Naquela manhã, ao ouvir novamente os gritos, Joana perdeu a paciência.

— De nooooovo? Ah, não, assim já é demais! Não está dando pra aguentar! Desta vez eu descubro de onde vem essa voz! De hoje não passa!

E lá se foi ela.

— Apareça, apareça se for capaz! Apareça se for homem, sim, pois essa voz não é de mulher!

Do outro lado da rua, escondidinhos atrás de um latão de lixo...

— E agora, Maneco? Parece que a menina é brava, hein? Como é... A gente vai aparecer ou não vai?

— E por que não? Vamos descascar logo essa banana, Duda!

O jeito de falar pode ter sido firme, mas os movimentos foram meio hesitantes, primeiro um dos pés, depois a cabeça, um empurrando e cutucando o outro, até que, de corpo inteiro, ficaram cara a cara com Joana.

— Ahá! Então são dois, é? Custou, mas resolveram criar coragem, hein? Pois vocês querem me explicar direitinho essa história de Joana Banana? O que significa me chamar desse jeito, ainda mais sem me conhecer?

— Tá legal, tá legal, a gente explica. Mas só se você parar de falar desse jeito, assim, mandão. Fale, Maneco!

— Eu, não. Fale você, Duda!

— Bem, o negócio é o seguinte: a gente está com o time desfalcado faz um tempão, desde que o Zito foi embora. O Zito morava na casa onde você está morando, não é, Maneco?

— É. É isso aí que o Duda falou. A casa ficou desocupada um tempão e a gente esperando que chegasse um menino pra ser nosso ponta-esquerda.

— Isso mesmo. E, depois de esperar todo esse tempão, chega justo você, uma Joana e não um João, né, Maneco?

— É, é isso aí que o Duda falou. Será que dá pra entender agora por que a gente só podia chamar você de Joana Banana?

— Ah, então a história é essa? Pois vou mostrar pra vocês que não sou nenhuma banana, ouviram bem? Quem é o capitão desse timeco? Quero falar com ele agora mesmo!

— Peraí, peraí, Bananinha. Mais respeito com o nosso time, hein? Ele só está desfalcado, entendeu? Des-fal-ca-do!

— Tá bom, tá bom, mas cadê o capitão?

— Pois então acabo de tomar uma decisão: apesar do nome horrível, vou jogar nesse time.

— Bem, capitão, capitão a gente não tem...

— Não? Mas que raio de time perna de pau é esse? Sem ponta-esquerda, sem capitão... Pelo menos tem um nome, uniforme, chuteira?

— Claro que tem nome! Espelunca Futebol Clube! E uniforme a gente também já tem, sim senhora. Completinho!

— Pois então acabo de tomar uma decisão: apesar do nome horrível, vou jogar nesse time. Meia-esquerda, ponta-esquerda, direita, goleira, qualquer coisa serve. Jogo bem em todas as posições.

— O quêêê?! Você no nosso time? Ah, essa piada foi boa, hein, Duda?

— Ótima, Maneco, ótima! Escute aqui, sua convencida... Pelo menos você já pisou em um gramado alguma vez na vida?

— Num gramado nunca. Mas já joguei muito no time do colégio onde eu estudava. Amanhã encontro vocês aqui mesmo, na frente da minha casa, de tardinha, pra gente combinar tudo, tá? E agora tenho que ir pra comprar o pó de café que minha mãe pediu.

— Ei, espere aí! Combinar o quê? Espere aí!

Mas Joana já estava longe...

— E agora, Maneco? O que é que a gente faz?

Os meninos puseram as mãos na cabeça. E foram logo procurar os outros oito.

Diante da gravidade do problema, meia hora depois já estava marcada uma reunião de emergência para o final da tarde.

4 *O plebiscito*

A reunião foi realizada na sede do clube, o quintal da casa de Duda, na hora prevista: ninguém chegou atrasado!

— Como é, pessoal? O que é que a gente faz com a Joana Banana? E se ela cismar mesmo de querer jogar no nosso time? A Bananinha é fogo, vocês vão ver!

— Eu sou contra! Uma mulher num time só de homens não vai dar certo. Ainda mais que ela nunca entrou num campo de verdade!

— Eu também voto contra. Já pensaram na gozação que a gente ia ter que aguentar dos outros times?

— E que times, que times, cara, se só com dez jogadores a gente não vai poder participar de campeonato nenhum?

— Xiii, isso é verdade. Mas a gente ainda tem alguns dias para fazer nossa inscrição. Quem sabe até lá...

— Três dias para a inscrição e mais uma semana para o campeonato começar. E se a gente não treinar firme, com o time completo, pelo menos nessa semana...

— É isso aí que o Maneco falou! Como é mesmo aquela história do passarinho? É melhor um na mão do que dois voando, não é isso?

— É, é sim! É isso aí que o Duda falou!

Foi assim que Maneco, Duda, Noel, Guilherme, Beto, Benê, Tato, Alfredo, Jorgito e Julinho resolveram fazer uma votação secreta para decidir: sim ou não para Joana Banana?

Isso mesmo! Só um plebiscito poderia resolver uma questão tão controvertida.

E quem foi que venceu? Foi o sim, sim senhores! A vontade de participar do Campeonato Varzeano, mesmo correndo o risco de se tornar alvo de gozação, foi mais forte do que qualquer preconceito. Pelo menos em sete das dez cabeças que tiveram de optar.

No dia seguinte, conforme intimação de Joana, Maneco e Duda voltaram ao lugar combinado, onde a menina já os esperava, impaciente.

— E então?

— Tudo bem, Joana Banana. A gente fez uma reunião, fez até votação e resolveu deixar você entrar no time, né, Duda?

— Pois fizeram muito bem. Mesmo porque, se vocês não tivessem deixado, eu ia acabar entrando, de um jeito ou de outro, mais cedo ou mais tarde.

— Ora, deixe de história, Bananinha. Outra coisa: amanhã à tarde, lá pelas quatro horas, todo o pessoal do Espelunca vai estar esperando você na casa do Duda, para uma primeira reunião. Não é longe daqui, mas a gente pode vir buscá-la.

— Não precisa, não. É só falar o endereço que eu guardo na memória, e vou muito bem sozinha.

— Você é quem sabe...

— Só tem mais uma coisa: chega dessa história de me chamar de Joana Banana ou de Bananinha, entenderam? Chega!

— Tá legal, tá legal...

Os meninos acharam melhor não esticar mais a conversa e passaram o endereço da sede do Espelunca. Com a preocupação de decorá-lo, Joana virou as costas, sem ao menos se despedir, repetindo baixinho:

— Acácias, 51, Acácias, 51...

— Além de tudo, mal-educada essa Bananinha! E ainda fala sozinha, dá pra ouvir os resmungos daqui!

Menos mal que ela já estava longe e não pôde escutar, caso contrário não levaria o desaforo para casa...

5 A apresentação da camisa 11

No dia seguinte, às quatro em ponto, Joana chegou à casa de Duda, onde os dez jogadores do Espelunca já esperavam por ela ansiosamente. Recebida gentilmente pela mãe do menino, Joana foi levada até o quintal da casa. Ali, sentados em bancos de madeira que aproveitavam a sombra de uma velha e generosa figueira, dez curiosos se levantaram ao mesmo tempo.

— Aqui está a Joana, meninos. Fiquem à vontade.

Silêncio absoluto! Inibição, inquietação, constrangimento... Por alguns segundos, todos perderam a fala, eram só olhos sobre a figura da nova companheira.

— Bem, se ninguém vai me apresentar, eu mesma faço isso... Aliás, seria mais confortável que a gente se sentasse, não?

— Não, quero dizer, sim... Mas espere, Joana! O Duda vai dar início à reunião, não vai?

— Cla-claro, Maneco...

Como dono da sede e capitão do time (eleito às pressas, na última hora), Duda se encarregou das apresentações e tentou conduzir a conversa da maneira mais civilizada possível, embora o tom não fosse lá muito amistoso...

— Joana, pra começar a gente queria deixar bem claro que só aceitou você no time porque não quer ficar de fora desse campeonato, de jeito nenhum!

— Tá legal, tá legal... Mas quando é que a gente começa a treinar e que campeonato é esse?

— Bem, a gente não vai ter muito tempo pra treinar. As inscrições se encerram amanhã à noite e os jogos começam uma semana depois... Quanto ao campeonato, não é bem um campeonato, é mais um torneio entre os times de várzea da cidade... O pessoal curte muito essas peladas, sabe? Mas é um torneio organizado, com a importância de um campeonato: tem regulamento e até uma taça pro vencedor.

— Bem, o que importa mesmo é que vamos ter só esses sete dias para treinar, não é isso? Pois é só combinar um horário e pronto. Vocês treinam aqui mesmo?

— Calma aí, Ba... menina! Tá pensando que as coisas são assim, tão simples? Você prefere jogar em alguma posição especial? Ou melhor, por acaso você sabe o que quer dizer posição no futebol?

— Claro que sei, seus bobos. E fiquem sabendo que jogo muito bem no ataque e melhor ainda como meia ou ponta-esquerda, pois sou canhoteira. Adoro marcar gols!

Os meninos olhavam pro céu, coçavam a cabeça, cada vez mais intrigados. Será que aquela enxerida convencida entendia mesmo alguma coisa de futebol? Ou será que estava só blefando?

Os mais exaltados estiveram a ponto de perder a paciência com a petulância de Joana.

— Escute aqui, menina! Se você não abaixar esse topete, essa crista, não vai jogar coisa nenhuma, em time nenhum! Prefiro não participar do campeonato!

— É isso aí, Noel! Tô com você e não abro!

— E eu estou com o Noel e o Beto! Já me arrependi de ter votado no sim! Não vai dar pra aguentar essa convencida!

Foi aí que o capitão resolveu entrar em cena novamente...

— Calma, Tato, calma, pessoal... E quanto a você, Joana, será que não dava pra mudar um pouco esse jeito de falar?

— Tudo bem, tudo bem... Acho que exagerei um pouco mesmo.

Finalmente o bom senso acabou prevalecendo e a reunião continuou num tom mais leve.

O que ficou combinado? Que no dia seguinte, sexta-feira, Duda faria a inscrição do time; se Joana fosse aceita — afinal, certeza, certeza, com relação a isso, eles não tinham nenhuma —, os treinamentos poderiam começar no próprio sábado, depois que fosse feito o sorteio para determinar quem jogaria contra quem e em que data e horário seriam os jogos.

Tanto a inscrição quanto o sorteio seriam feitos na casa de Tonho Trovão, um senhor de voz potentíssima, que morava perto e cuidava com esmero e carinho do campinho de várzea onde o torneio costumava se realizar, desde que ele próprio resolvera instituí-lo. Tonho, que tinha sido locutor de rádio, animador de rodeio e jogador de futebol, era uma espécie de padrinho de toda a garotada que gostava do esporte como ele. Foi esse amor que os uniu de maneira muito forte e significativa.

Na manhã da sexta-feira, acompanhado do inseparável Maneco, Duda foi até a casa dele para fazer a inscrição do Espelunca.

— Joana na ponta-esquerda? Joana?! Mas... mas eu não sei se é permitida a inclusão de mulheres no time, Duda. Isso nunca aconteceu antes!

— Isso não quer dizer nada. Por acaso o regulamento proíbe, seu Tonho?

— Bem, proibir, proibir, acho que não, mas... Esperem aí que eu vou dar uma olhada...

Depois de revirar a gaveta da mesinha onde estava trabalhando, conseguiu encontrar uma pasta verde, toda desbeiçada, com algumas folhas de papel amarelecido dentro...

Mais algum tempo para encontrar seus óculos para enxergar de perto e, uns cinco minutos depois, finalmente chegou a uma conclusão...

— No regulamento não existe nada escrito sobre isso.

— Então quebre o nosso galho aí, seu Tonho! A gente tem de participar desse campeonato, custe o que custar. É uma questão de honra! No ano passado, nosso time não entrou porque não estava completo; no retrasado, porque não tinha uniforme...

— Tudo bem, Duda, tudo bem. Vá dizendo, então, o nome completo de cada jogador.

No sábado, antes mesmo da hora marcada para o sorteio, a notícia já corria de boca em boca.

— Vocês souberam da última? O Espelunca inscreveu uma menina na ponta-esquerda! É a Joana, daquela família que está morando na casa que era do Zito.

— Essa não! Estou pagando pra ver esse torneio. Pelo jeito vai ser o mais divertido dos últimos tempos!

• • •

O sorteio foi feito na presença dos capitães dos quatro times inscritos, de alguns de seus jogadores e mais alguns curiosos. Joana estava entre eles, claro: uma jogadora das mais curiosas, que não demorou muito para ser identificada...

— Só quatro times? Mas eu pensei...

Nesse instante, todos se voltaram para ver de onde vinha aquela voz feminina e palpiteira.

— Ah, só podia ser você, sua Banana!

— Mais respeito comigo, Duda. Afinal, sou sua companheira de time.

Entre risos contidos e esboçados, soou a voz de trovão:

— Não vamos começar com indisciplina desde já! Silêncio, que eu vou anunciar o resultado do sorteio. Bem, no domingo que vem o Espelunca enfrenta o Avenida, e o Santo Antônio enfrenta o Pelada; no outro domingo, os vencedores se enfrentam para decidir o campeão e o vice; os perdedores se enfrentam também para decidir o terceiro e o quarto lugar. Agora vamos fazer outro sorteio para ver quem joga às três horas e quem joga às cinco.

Mais alguns minutos...

— Aqui está... Domingo que vem, jogam primeiro o Santo Antônio e o Pelada; no domingo seguinte, o jogo mais importante, que vai aclamar o campeão, será o segundo, claro. Alguma dúvida?

— E os juízes, seu Tonho?

— O juiz aqui sou eu, Joana Banana... Desculpe, mocinha, mas eu até que gosto deste som... Joana Banana, Jo-a-na Ba-na-na...

— Pois sabe de uma coisa? Eu também passei a gostar a partir de agora! Acho até que vou passar a assinar Joana Rosa Banana da Terra... Não, Joana Banana Rosa da Terra Carvalho!

Aí, sim, foi um riso só, incontido e uníssono! Até a autora da graça não conteve uma boa risada, o que acabou desarmando o resto do pessoal e desanuviando o ambiente. Só que, enquanto ria, Joana pensava: "Vou mostrar a todo mundo que de banana não tenho nada!". E a vontade de rir até aumentava!

• • •

Esse episódio só fez aumentar a curiosidade que já cercava a situação do Espelunca. Por essa razão, o time achou melhor mudar o local de treinamento e tentar manter tudo em sigilo. Para o bom andamento dos trabalhos, naquele período tão exíguo, seria fundamental evitar a intromissão dos curiosos, que queriam, a todo custo, ter uma ideia do desempenho da camisa 11.

O lugar escolhido foi o quintal da casa de seu Manoel e dona Teresa. Embora um pouco contrariados, a princípio, com a ideia de ver a filha num time de futebol masculino, os dois acabaram aceitando.

— É melhor que seja aqui, Teresa. Assim a gente pode controlar a situação.

— É, nisso você tem razão, Manoel. Mas jogar futebol num time de meninos?

— Ara, Teresa, lá vem você com essa conversa de novo...

— Você sabe que sempre sonhei em ter uma menina só pra poder enfeitar, vestir com aqueles vestidinhos cheios de babados, bem engomadinhos, laço de fita combinando, meias brancas e sapatos de verniz pretos... Ah, não sei a quem ela puxou!

— Foi a criação, Teresa, quero dizer, foi por ter sido criada praticamente no meio de homens. Nenhuma prima, só primos!

— E dos dois lados, meu Deus, que falta de sorte! Até pra boneca ela nunca ligou muito! Não me conformo! E as roupas, então? Sempre folgadas, não gostava de nada que apertasse, que incomodasse...

— É mesmo... Nossa Joaninha, desde pequena, só gosta do que é confortável.

— E você ainda ri? E os sapatos, meu Deus, que dificuldade! No verão, vivia descalça. E só concordava em pôr aqueles sapatinhos, tipo boneca, se lembra?, em alguma situação muito especial e, assim mesmo, depois de muita insistência.

— E no inverno passado, então? Você lembra que fui com ela comprar aquele par de botinas que não apertavam e esquentavam mais seus pés? Como ela ficou feliz com as botinas, Teresa, dava gosto de ver!

— É, você nunca me apoiou na tentativa de deixá-la mais feminina, mais delicada...

— Deixe de história, mulher! O importante é que a Joana é uma boa filha, geniosa, tá certo, mas obediente, nunca deu trabalho na escola e tem um coração de ouro! Deixe que ela se vista como quiser! E que seja feliz assim, do jeito que é.

— É, no fundo acho que você tem razão...

Depois dessa conversa, parece que dona Teresa se conformou. Para dizer a verdade, tanto ela quanto o marido não demoraram muito para se contagiar pelo entusiasmo da molecada.

— Duda, traga os uniformes aqui que eu vou lavando, passando e costurando alguma coisa, se precisar.

— Legal, dona Teresa, legal! Hoje mesmo eu trago tudo.

Seu Manoel, então, quem diria... Foi se entusiasmando tanto, mas tanto, que acabou se tornando técnico, preparador físico e até massagista do Espelunca!

E o time treinou o quanto pôde naquela semana que antecedeu o início do campeonato.

Como foram os treinamentos? Como Joana se comportou dentro do time? Será que ela se adaptou ao esquema tático armado pelo seu Manoel? Ah, disso ninguém ficou sabendo. Tudo foi feito no maior segredo do mundo!

6 *A camisa 11 em ação*

E o grande dia finalmente chegou! O Espelunca de Joana Banana enfrentaria seu maior rival, o Avenida. Tonho Trovão, de uniforme preto e amarelo, apito pendurado no pescoço, corria de lá para cá, organizando a entrada dos jogadores e a disposição dos torcedores na arquibancada de madeira, orientando os gandulas e cuidando das outras duas preciosas bolas para reposição. A figura mais vista e ouvida durante os jogos era a dele, sem dúvida.

No primeiro jogo da tarde, o Pelada venceu o Santo Antônio por 2 a 1. Isso queria dizer que o Espelunca já conhecia seu adversário na final, caso ganhasse do Avenida, o que não seria fácil, aliás.

O jogo teve início, Joana entrou, começou devagar, esquentou, acelerou, correu, começou a tabelar com os companheiros, chutou, caiu, a plateia vaiou, levantou, continuou, driblou, perdeu a bola, recuperou, a plateia aplaudiu e assim foi, com altos e baixos, o rendimento não só da estreante como do time todo durante a primeira meia hora de jogo.

Aos trinta e oito minutos, Joana conseguiu roubar a bola de um adversário, se animou, passou, recebeu, passou, recebeu, ficou cara a cara com o goleiro e... chutou fora! O pessoal caiu em cima dela, um gol quase feito, não poderia ter perdido, era inconcebível, inaceitável. Duda tentou acalmar a situação, não conseguiu, o juiz teve de intervir, deu vários cartões amarelos, ameaçou com o vermelho e resolveu apitar, um pouco antes do tempo regulamentar: fim do primeiro tempo.

Durante o intervalo, seu Manoel conversou muito com seus jogadores, que esfriaram a cabeça, literalmente, com uma mangueira providenciada por Tonho Trovão, que também resolveu fazer uma rápida preleção com os dois times, pedindo ordem, respeito e disciplina, caso contrário, ambos seriam punidos. Como? Depois ele pensaria no assunto.

A partida recomeçou, o Avenida entrou bem, articulado, chegou a dominar os primeiros quinze minutos, o Espelunca não se acertava, errava os passes, Joana se atrapalhou várias vezes, seus companheiros também, Alfredo se contundiu, torceu o pé, não aguentava de dor, teve de sair, o Espelunca só com dez jogadores, era um time sem reservas, meu Deus, que azar, não deu outra, o adversário marcou o primeiro gol.

Foi um balde de água fria no ânimo do Espelunca, que enfrentou como pôde o entusiasmo do Avenida, com vantagem no placar. Um sufoco!

De cabeça quente, o já esquentado Noel não aguentou: chegou bem perto de Joana e disparou:

— Não falei que isso não ia dar certo, sua Banana Nanica Podre de Madura?

Quem estava longe não entendeu nada, mas percebeu, pela reação da menina, que algo de muito grave tinha acontecido ou estava para acontecer. Joana ficou vermelha, parecia até inchada de tanta raiva, prestes a explodir em cima de Noel, mas conseguiu desviar o sentimento para a bola que lhe caiu, de presente, no pé esquerdo. Saiu correndo feito um corisco, passou por um, por dois,

— Não falei que isso não ia dar certo, sua Banana Nanica Podre de Madura?

por três adversários, nem ela sabia como, e entregou a bola de bandeja justamente para Noel, que só fez encobrir o goleiro e sair para o abraço!

GOOOOOOOOL do Espelunca! Estava empatada a partida, exatamente aos trinta e cinco minutos do segundo tempo.

O gol tinha sido de Noel e isso deixou Joana ainda mais feliz. Tão feliz que passou a comandar a reação do seu time: gritou com os companheiros, pediu mais apoio da torcida, deu certo, a reação começou, o time se acertou de novo, a tabelinha entre Maneco e Duda funcionou, teve início no centro do campo, chegou à grande área, Joana, em posição legal, pediu a bola, recebeu, só faltava vencer um adversário, ia tentar o drible, uma perna apareceu no seu caminho, foi derrubada, pênalti! PÊ-NAL-TI!!! Seu Manoel, preocupado com a filha, ameaçou invadir o campo, dona Teresa segurou o marido, não foi nada, Joana já estava de pé, o juiz advertiu o técnico, o Avenida reclamou, a confusão estava criada, o juiz se impôs, colocou ordem na bagunça e finalmente determinou que o escolhido para bater o pênalti fosse ocupar o devido lugar.

Para momentos decisivos, responsabilidade de capitão... Duda não teve outra saída a não ser colocar-se a postos e rezar para não fazer feio. Se errasse o chute, seria crucificado pelo resto da vida!

O juiz apitou, estava autorizada a cobrança, Duda fez que foi, mas não foi, mais por insegurança que por malandragem, funcionou, o goleiro se atrapalhou, Duda chutou e a bola foi pro fundo da rede, fazendo a plateia explodir naquele grito mais esperado:

— GOOOOOOOL!

Nos minutos finais da partida, o Espelunca se defendeu como pôde para garantir o resultado. O Avenida ainda tentou alguns ataques, mas não teve sucesso.

Depois do apito final, começou a comemoração. Duda foi ovacionado, sim, fez por merecer, mas a maior vencedora da tarde foi aquela que tinha mais amor-próprio e raça do que técnica, mas sabia fazer valer essas qualidades quando isso se fazia necessário. Assim que o apito do juiz encerrou a partida, algumas vozes começaram, outras continuaram, até que um coro forte se formou:

— JOANA BANANA! JOANA BANANA! JOANA BANANA!

Era a consagração! A partir daquele momento, sim, ela aceitou e adotou o apelido, definitivamente e de coração. E se sentiu segura e tranquila para enfrentar a semana de preparação para a partida decisiva do domingo seguinte.

7 *O doce sabor da vitória*

Como se comportaram seus companheiros depois do jogo? Meio desenxabidos, sem jeito, acabaram se penitenciando e deram o braço a torcer. E mostraram isso em atitudes, não em palavras, começando a tratá-la de igual para quase igual... Até Noel, depois de muito ensaio, acabou pedindo desculpas no dia em que conseguiu ficar sozinho com Joana.

— Tudo bem, Noel, não se preocupe. Não contei e não vou contar pra ninguém o que ouvi de você lá no campo. Afinal, foi graças a isso que reagi daquela maneira e consegui ajudar o time a ganhar a partida. Você acabou me prestando um favor.

Tudo passado a limpo, sem mágoas, a semana transcorreu calma e os treinamentos renderam muito. O Espelunca estava preparado para ser o campeão. Pelo menos na opinião do orgulhoso seu Manoel, que não deixava, entretanto, de pedir cautela aos jogadores, respeito ao adversário:

— O Pelada também está com um bom time! A gente tem que ter confiança na vitória, mas cuidado para não entrar no clima do "já ganhou". Isso é muito perigoso!

E o domingo da decisão finalmente chegou. Por incrível que pareça, Joana estava calma, despreocupada...

— Não estou reconhecendo você, filha! Nem parece que vai jogar, daqui a pouco, uma partida tão importante!

— Sabe o que é, mãe? Eu sinto que o mais importante já aconteceu: a minha estreia. Se eu não tivesse me saído bem, estava frita, humilhada e derrotada. Como isso não aconteceu, o que vier, daqui pra frente, é lucro. Só vou cuidar pra não fazer nenhuma bobagem.

— Pode deixar comigo, filha. Minhas orações nunca falham!

E foi assim que Joana entrou em campo: segura e protegida pela reza forte da mãe e pela torcida igualmente forte e entusiasmada do pai.

No primeiro tempo, o jogo foi de igual para igual. Tanto o Espelunca quanto o Pelada mais se defendiam do que atacavam, um jogo morno mesmo, a torcida chegou a bocejar... Só nos minutos finais surgiram algumas jogadas mais perigosas que puseram em risco a meta do Espelunca.

Durante o intervalo, a preleção dos técnicos bateu na mesma tecla: mais entusiasmo e ousadia, mais ataque, mais rapidez nos contra-ataques e gols! A torcida queria gols! E os times precisavam deles! Levar a decisão para os pênaltis, já que o saldo de gols era igual — as duas vitórias tinham sido por 2 a 1 —, seria uma lástima!

O segundo tempo começou num ritmo diferente, todo mundo correndo mais, brigando mais pela bola, Joana continuava apagada, alguns de seus companheiros começaram a brilhar um pouco mais, Maneco e Duda fizeram funcionar a tabelinha também dentro de campo, criaram boas jogadas, mas não conseguiram chegar até o gol do adversário.

Assim passou a primeira meia hora de jogo. Foi então que Tonho Trovão resolveu interromper a partida e dar um tempo para conversar com os jogadores, ou melhor, para gritar com eles, exigindo mais empenho, mais jogo, mais raça, no que foi absoluta-

mente apoiado pela torcida. E, como havia concedido esse pequeno descanso, resolveu que o jogo ainda duraria mais meia hora.

— Um jogo decisivo tem de ser vibrante, emocionante e com gols, ouviram bem? Gols! — roncou e atroou Tonhão.

Valeu! Aliás, vale a pena dizer também que o regulamento do torneio tinha algumas cláusulas especiais. Uma delas era a que dava ao juiz o direito de interromper a partida quando achasse necessário dizer alguma coisa de suma importância aos jogadores.

Bem, chamados aos brios, os dois times acordaram e o jogo foi outro a partir daquele reinício. O Pelada reagiu primeiro, num lance perigosíssimo que culminou com uma magnífica defesa do goleiro do Espelunca. Aplausos da torcida, aprovação de Tonho Trovão, mostrada por um sorriso de orelha a orelha.

Nos últimos cinco minutos foi a vez de o Espelunca brilhar, na figura de sua estrela mais visada. Joana, desta vez, não precisou de provocação alguma para criar uma ótima jogada, que começou no meio de campo, de onde fez partir um passe na medida exata para a cabeça de Maneco, que só teve o trabalho de colocar a bola no canto esquerdo do gol adversário: GOOOOOOL do Espelunca!

A comemoração foi bonita de se ver! Os jogadores se abraçaram, tentando abraçar Maneco, que conseguiu sair daquele bolo de gente e foi cumprimentar Joana, feliz, mas meio sem graça, longe da confusão, refugiada no abraço do pai.

— Valeu, Joana!

Os jogadores, exaustos, pediram ao juiz o fim da partida, que já tinha ido bem além do tempo regulamentar... Como o Pelada não reclamou, o Espelunca foi aclamado campeão, com direito à taça e à volta olímpica, sob os aplausos da torcida.

O vice-campeão teve direito a uma faixa, colocada no capitão do time, e os terceiro e quarto colocados, Avenida e Santo Antônio, respectivamente, ganharam um diploma pela participação. Tudo providenciado e preparado com carinho e esmero por seu Tonho e sua mulher, a simpática dona Zica.

Aquele domingo teve um sabor especial para Joana: um misto de alegria, alívio, vitória, cansaço... Uma mistura boa, mas estranha, dava até vontade de chorar. Era como se só a partir daquele dia ela começasse realmente a viver naquela cidade.

— Pena que a vó Rosa e o vô Teo não estejam aqui para comemorar nossa vitória, mãe. Quando é que eles vão voltar?

— Logo, filha. Seu priminho já está com quase três meses e sua avó acha que a tia Lola já não precisa mais dela. Mesmo porque já arrumou uma menina muito jeitosa para ajudá-la a cuidar do Maurício.

— Que bom! E quando é que a gente volta para Amoreiras para conhecer o bebê?

— Assim que der, filha, assim que der... Acho melhor a gente se acostumar bem nesta cidade, antes de pensar em voltar para Amoreiras, mesmo que só a passeio.

8 *A Banana Rosa de Santo Antônio*

Joana Rosa Terra de Carvalho tinha nascido e crescido na cidade de Amoreiras, não muito distante de Santo Antônio das Rosas, onde a família fora obrigada a se instalar por força das circunstâncias. A fábrica de móveis onde seu Manoel trabalhava resolveu fechar suas portas e ofereceu a quem se interessasse a oportunidade de se transferir para a sede de Santo Antônio, que continuaria em atividade.

O fato de ter os avós morando na mesma cidade ajudou um pouco na adaptação de toda a família ao novo espaço. Apesar de visitarem dona Rosalice e seu Teodoro com certa frequência, Joana e seus pais conheciam apenas os vizinhos mais próximos.

Mas, agora que o casal estava para chegar, tudo ficaria mais fácil, principalmente para Joana.

— Ainda bem que eles vão chegar uns dias antes do início das aulas, não, mãe?

— Já sei... Está louca por um pouco de colo dos dois, não está? Desde pequena você adora esses avós!

— Não fale isso perto do meu pai, mãe, que ele pode ficar sentido. Também gosto muito dos outros dois, o vô Tião e a vó Ninha, mas como eles sempre moraram muito longe e a gente não teve tanto contato...

— Tem razão, filha. Faz um tempão que não vemos o seu Sebastião e a dona Ivone. Quem sabe nas férias de julho eles venham passar uns dias aqui conosco.

— Nossa, mãe, as aulas nem começaram e a senhora já está falando em férias!

— Uma semana não é nada, Joana. Passa voando... Você percebeu que nós nem sentimos estes dois meses passarem?

— Pudera, com tanta coisa que aconteceu, não dava tempo de parar para sentir nada!

— Pois agora é hora de pensar que a vida vai entrar nos eixos e a rotina vai voltar ao normal: escola, trabalho e lazer nas horas vagas e nos fins de semana. Por isso, aproveite bem seus avós nestes dias de férias que ainda restam.

Joana seguiu à risca o conselho da mãe: assim que a vó Rosa ligou, avisando que já estava em casa, Joana foi correndo arrumar sua malinha. A menina não voltou com os pais, depois da visita feita pela família, à noite, para dar as boas-vindas ao casal. Queria aproveitar ao máximo a companhia dos avós.

Com a chegada deles, que não moravam muito longe, a casa azul e amarela ficou com mais jeito de doce lar... A simples presença de seu Teo e dona Rosa já acrescentava uma boa dose de açúcar à vida de toda a família.

• • •

O começo das aulas estava previsto para 1º de março, uma terça-feira. Um dia antes, Joana, que tinha voltado no domingo da casa dos avós, foi com a mãe conhecer a escola e suas dependências e procurar seu nome nas listas dos alunos, que já estavam afixadas no pátio.

— Achei, mãe! Achei meu nome! Vou estudar de manhã. Que bom!

Depois de visitar todo o espaço e anotar o que era preciso, as duas voltaram a pé para casa. A escola ficava um pouquinho longe da casa azul e amarela, mas uma boa caminhada não assustava nenhuma das duas.

— Se um dia você estiver cansada, filha, pode ir de ônibus. O circular deixa você na porta do colégio e passa pertinho, na rua da quitanda.

— É bom saber, mãe...

Conversa vai, conversa vem e, quando se deram conta, mãe e filha já tinham chegado em casa. Assim que entraram, Joana correu para sua rede.

— O que foi, filha? Quando você chega e vai logo se aninhar na sua rede, bom sinal não é... Você me parecia tão animada ainda há pouco!

— Estava mesmo, mãe. Só que, de repente, murchei... Não vejo a hora que chegue logo amanhã e que hoje e agora sejam ontem, anteontem...

— Tudo bem, já entendi. Fique um pouco aí, sozinha, que vai lhe fazer bem. Vou cuidar do nosso jantar e de uma encomenda de docinhos que peguei para amanhã.

A rede azul, de varandas e punhos brancos, feita em crochê pela prendada vó Rosa, era o refúgio preferido de Joana. Ficava num cantinho isolado da sala, uma espécie de saleta, onde também tinham sido postas as camas de Caramelo e de Bombom. Quando eles ouviam o barulho dos ganchos, corriam para fazer companhia à menina.

Nos dias em que Joana estava mais triste, eles percebiam, você acredita? E pulavam para a rede, distribuindo lambidas molhadas de carinho...

— Ai, meus bichinhos, que coisa boa ter vocês comigo!

Naquele dia, Joana acabou adormecendo na rede e nem quis jantar quando o pai a chamou. Tomou só um copo de leite adoçado com açúcar queimado — esse era o alimento preferido, nas horas mais difíceis —, escovou os dentes e foi direto para a cama.

No dia seguinte, acordou mais cedo que de costume, ansiosa, claro, com aquela bola chata na boca do estômago, as mãos frias...

— Quer que eu vá junto com você, filha?

— Não precisa, mãe, obrigada. Prefiro chegar sozinha.

E assim foi. Joana chegou no colégio bem cedo, não havia quase ninguém, e foi direto para sua sala, onde já estavam duas meninas muito simpáticas: Cármen e Sílvia, que foram logo se apresentando:

— Oi! Você é a Joana Ba...

— Banana. Sou, sim. Não se preocupe, pois já aprendi a gostar do apelido... Mas como é que você me conhecia?

— Cidade pequena é assim, Joana: qualquer coisa diferente que acontece vai sendo passada de boca em boca numa velocidade que você nem imagina! Por falar nisso, de onde você veio?

— De Amoreiras, não fica muito longe daqui e também não é grande, mas...

— E está gostando daqui?

— Minha chegada foi um pouco complicada, como vocês já devem saber, mas agora parece que as coisas estão melhor. E gosto da cidade, sim, pois meus avós moram aqui faz bastante tempo e a gente vinha de vez em quando para visitá-los.

Cármen e Sílvia foram a salvação de Joana! Acabaram se incumbindo das apresentações necessárias, o que facilitou e muito a "estreia" da menina. E foi na hora do intervalo que ela percebeu o quanto já era conhecida, mesmo que só de nome. Agora, um pouco mais relaxada e desenvolta, já era até capaz de achar graça do fato...

— Pudera! Desde que cheguei só arrumei confusão! Mas só fiz isso porque fui provocada.

Quanto aos meninos do Espelunca, Joana cruzou com três deles, que apenas a cumprimentaram: Noel, Alfredo e Tato. Os demais estavam estudando no período da tarde.

E assim a manhã passou, muito mais rápido do que ela imaginava. Voltou caminhando para casa, feliz e aliviada, para a alegria dos pais, que a esperavam, ansiosos, para o almoço.

— E aí, filha? Como foi seu primeiro dia de aula?

— Tudo bem, mãe, tudo bem. Mas os detalhes só vou conseguir contar depois do almoço. Estou com uma fome de leoa!

— Bom sinal, bom sinal, Teresa... — disse seu Manoel, acenando para a esposa.

Os dois dias seguintes foram ocupados com a compra e preparação do material escolar e do uniforme. Joana se dedicou a uma das tarefas de que mais gostava: encapar os cadernos e os livros, apontar todos os lápis para colocar nos estojos, junto com as canetas e sua coleção de borrachas. Aliás, só as borrachas — verdes, vermelhas e azuis, brancas, mais moles e mais duras, de todos os tipos, formas e tamanhos — ocupavam um estojo inteiro!

No almoço da sexta-feira...

— E então, filha? Que tal a sensação de ter passado pela primeira semana de aula?

— Deliciosa, pai! Senti um grande alívio, pois já estou mais entrosada com meus colegas de classe e também com alguns alunos de outras séries. A Cármen e a Sílvia me ajudaram muito. Ficamos amigas desde o primeiro dia! Elas são primas e vizinhas, sabe? E parece que se dão muito bem. Se não fossem as duas...

— E os meninos do seu time, Joana? Eles sumiram!

— Sabe que também estranhei esse afastamento, mãe? Os três que estudam de manhã mal me cumprimentam, parece até que estão fugindo! E os outros, que estão estudando à tarde, nunca mais encontrei!

— Por que você não conversa com eles e procura saber se aconteceu alguma coisa que você não esteja sabendo?

— Sabe que a senhora me deu uma ótima ideia, dona Teresa? Amanhã de manhã vou dar um pulo até a casa do Duda para esclarecer tudo. Hoje quero passar metade da tarde brincando com Bombom e Caramelo e a outra metade na casa da vó Rosa. Por que a senhora não vem comigo? Depois do trabalho, o pai passa por lá e a gente volta junto.

— Sabe que agora foi a senhora que me deu uma boa ideia, dona Joana?

9 Um novo confronto

Na manhã do outro dia, depois do café da manhã...
— Chau, mãe, chau, pai! Vou até a casa do Duda, mas volto logo!
Só que, quando foi abrir a porta, Joana quase deu uma trombada com Duda e Maneco, que iam tocar a campainha.
— O-oi, Joana! Qua-quase, hein?
— Ué, vocês dois por aqui?
— É, a gente precisa falar com você...
— Pois então falem, que eu também tenho uma coisa pra perguntar.
— Pergunte você primeiro então, né, Maneco?
— É isso mesmo, Duda!
— Ih, vai começar esse jogo de empurra-empurra de novo? Falem logo de uma vez!
— Tá legal. A gente veio aqui pra agradecer por tudo o que você fez pelo nosso time, mas é que acabamos de encontrar o jogador que estava faltando desde a saída do Zito.

— O quê? Vocês vieram me dispensar, depois de terem conquistado o campeonato graças à minha ajuda?

— O quê? Será que eu ouvi ou entendi bem? Vocês vieram me dispensar, depois de terem conquistado o campeonato graças à minha ajuda e da minha família?

— Não é bem assim, Joana...

— Como não? É a maior ingratidão que já vi em toda a minha vida! Nunca mais olhem pra minha cara, que eu vou fazer de conta que vocês não existem. Acabo de enterrar um time de dez jogadores machistas e mal-agradecidos!

A porta batida na cara quase deixou os dois sem nariz...

— Ah, isso não se faz! Mas eu não vou deixar barato, não!

— O que foi, filha? Ouvi vozes, depois um barulho de porta batendo...

— Espere, mãe. Primeiro tenho que ir pra minha rede. Depois eu conto, depois...

Quando Joana cantava, enquanto balançava forte na rede, dona Teresa ficava ainda mais nervosa do que quando ela se encorujava lá, na companhia de Bombom e Caramelo.

— Xi, Manoel, aí vem coisa... É melhor a gente se preparar!

Depois de uns quinze minutos...

— Acabo de tomar uma decisão, mãe: vou formar um time de futebol feminino! Se vocês me ajudarem, vou formar o melhor time de futebol desta cidade! É só o tempo de me entrosar no colégio, conhecer as meninas e ir escalando as melhores. Tudo no mais absoluto sigilo! Vocês topam?

— Que ideia é essa, assim, tão de repente, filha? E o Espelunca? Você não ia falar com os meninos?

— Não precisei ir, porque eles vieram antes, para me dispensar do time! Já acharam outro jogador para ocupar o lugar que era do Zito! Eles nem disseram o meu lugar! Ai, que raiva!

— Calma, Joana, vamos conversar primeiro.

Meia hora de papo depois...

— E é por isso tudo que quero participar do próximo campeonato que houver e dar uma lavada no Espelunca! É uma questão de honra! Enquanto balançava na minha rede, já arrumei até nome para o time: Vitória Futebol Clube! Não é legal?

— O que não é muito legal, filha, é essa sua sede de revanche. Proponho que a gente pense melhor no assunto. No domingo à noite voltamos a conversar.

— Concordo plenamente com seu pai, Joana.

— Tudo bem, tudo bem... Então vou balançar um pouco mais, que é pra gastar o restinho de raiva que ainda tenho dentro de mim.

•••

O sábado e o domingo acabaram passando do jeito de sempre: lanche da tarde junto com os avós, num dia, e almoço para todos na casa de Joana, no dia seguinte. Como a companhia dos avós lhe fazia muito bem, a menina conseguiu se acalmar um pouco, embora nem por um momento sequer tivesse esquecido a questão com o Espelunca, ainda pendente na sua cabeça.

Na noite de domingo...

— E aí, pai? Podemos conversar sobre aquele assunto? Eu ainda não desisti da ideia de formar o time feminino...

— Tudo bem quanto a formar esse time, Joana, desde que você pelo menos tente se entusiasmar pelo projeto e deixe de lado esse desejo de desforra, de revanche.

— Isso mesmo, filha. Se for assim, estamos dispostos a ajudá-la.

— Bom, acho que é impossível esquecer a humilhação que sofri. Mas prometo que vou tentar passar por cima disso... Tentar, combinado?

— Ótimo! Nesse caso, pode contar conosco!

— E quanto ao nome do time, Vitória Futebol Clube...

— Acho um pouco pretensioso, filha. Já pensou se vocês não ganharem, a gozação que vão ter de enfrentar?

— Credo, mãe, vire essa boca pra lá! A gente só tem de pensar que vai ganhar e pronto! O que o senhor acha, pai? E quando é que a gente começa a montar o time?

— Tenho duas propostas, Joana. Por que não chamar o time de Vitória-Régia? É nome de flor, não é? E tem a palavra vitória. Não fica ainda mais bonito?

Por essa maravilhosa e oportuna sugestão, seu Manoel ganhou o abraço mais apertado de toda a sua vida...

Quando conseguiu respirar, seu Manoel continuou...

— A segunda, filha, é que a gente faça tudo com muita calma, sem muita ansiedade, de maneira que você não se concentre só nisso. Primeiro os estudos, depois o lazer e o Vitória-Régia, combinado?

Um outro abraço, embora menos apertado que o anterior, foi a resposta da menina, que, aliás, já estava morta de sono...

10 *Os movimentos da nova rotina*

E assim, à medida que os dias passavam, pai, mãe e filha iam criando seus hábitos e, aos poucos, reorganizando a vida da família: dona Teresa, cada dia mais atarefada com suas encomendas; seu Manoel, já bastante integrado ao dia a dia da fábrica; e Joana, entre a casa e o colégio, já tornando-se uma figurinha popular.

Só os meninos do Espelunca é que ainda permaneciam na "geladeira"...

Eles bem que tentaram se aproximar, várias vezes, mas não foram bem recebidos.

Um dia, foram os inseparáveis Duda e Maneco.

— Oi, Joana Ba...

— Ba sabe do quê? De basta para banana! Mesmo gostando do apelido, fiquei tão cheia com essa história que nem banana eu tenho comido.

— Desculpe, Joana. O Maneco não teve a intenção de ofender.

— É, é isso aí que o Duda falou! A gente só queria ser amigo, conversar de vez em quando, não é, Duda?

— É, é isso aí que o Maneco falou!

— Chega de conversa! Eu ainda não engoli aquela dispensada humilhante. E querem saber de uma coisa? Vocês deveriam era formar uma dupla caipira, chamada "Empurra-Empurra" ou "Corda e Caçamba"! Ia ser um sucesso!

— Também não precisa apelar, né, Bananinha?

— Chega, chega, já me arrependi de ter começado a conversa.

Houve outro encontro, dias depois, com a mesma dupla, acompanhada de Jorgito e Julinho. Foi justamente na porta da quitanda, de onde Joana saía com uma penca de banana-da-terra (aquela grande, que a gente come frita, polvilhada com açúcar e canela), que nem pediu para embrulhar, pois estava morrendo de pressa.

Quando deu meia-volta para sair da quitanda, tropeçou na soleira da porta, perdeu o equilíbrio e, para não cair, acabou derrubando as bananas justamente na hora em que os meninos estavam passando. Foi a conta! Os quatro não conseguiram conter a gargalhada!

— Olhem só a Joana despencando de madura! Não merecia uma foto?

Essa Joana não aguentou. O sangue subiu-lhe à cabeça, ficou roxa de raiva e avançou na direção dos quatro, que, quando viram a fúria da menina, saíram em disparada!

Sabe o que ela fez? Catou suas bananas, correu atrás o quanto pôde e, como estava difícil alcançá-los, atirou uma banana com toda a força, acertando a perna de um deles! E gritou:

— Parem, se tiverem coragem!

Os quatro pararam e ficaram cara a cara com a menina, que não se deixou intimidar. Ao contrário: levantou o nariz, catou a banana do chão e jogou numa lixeira próxima.

— Sei que fiz uma coisa feia, mas vocês me provocaram demais da conta. Só sinto ter desperdiçado uma banana. Ainda bem que não atirei a penca toda.

— Peraí, Joana. Não pense que isso vai ficar assim, não. A gente só não revida porque você é...

— Já sei! É a velha desculpa... Porque sou mulher, estou sozinha e vocês são quatro... Querem saber de uma coisa? Já perdi muito tempo com vocês! Adeus!

Bem, por aí dá para você ter uma ideia de como andava o clima entre Joana e seus ex-companheiros de time.

No jantar daquele dia, enquanto comia banana frita de sobremesa, Joana falou sobre o que tinha acontecido.

— Que coisa feia, filha! Atirar uma banana em alguém pelas costas?

— Não deu pra aguentar, mãe! Afinal, a senhora sabe que não tenho sangue de barata! E eles me provocaram, me tiraram do sério! Por falar nisso, pai, sabe que a professora de Educação Física já começou a treinar futebol com as meninas? Ela disse que em ano de Copa do Mundo aumenta muito o interesse pelo esporte e os alunos costumam render mais, por conta disso.

— Ótimo, Joana! Então, quando essa sua raiva passar, a gente volta a falar sobre o projeto de montar o time.

— Amanhã já vai ter passado, pai, tenho certeza!

Dois dias depois, na hora do almoço, Joana chegou do colégio com um excelente pretexto para voltar ao assunto que mais a interessava no momento...

— Pai, tenho uma ótima notícia: a professora de Educação Física, dona Dinorá, disse que estava muito contente com o rendimento das turmas da manhã e já marcou um jogo entre a nossa turma e um grupo da mesma série, mas de outra classe. Disse também que os amigos e parentes podiam assistir à partida, que vai ser num domingo de manhã.

— Tudo bem, Joana. Vai ser uma boa oportunidade para observar todas as jogadoras. Quem sabe daí não pode sair a base do nosso Vitória-Régia?

— Nosso!? O senhor falou nosso, pai?! Então quer dizer...

— Sim, filha. Seu pai está querendo dizer que vamos ajudá-la a montar esse time.

Joana parou de comer, deu um pulo de alegria, abraçou o pai, beijou a mãe, depois carregou Caramelo e Bombom, que com o barulho se aproximaram latindo e miando, uma algazarra!

— Até vocês vieram comemorar, meus bichinhos!

— Enquanto o jogo não se realiza, Joana, você fica atenta aos comentários da professora, viu? E vai me contando tudo.

— Tem outra coisa que eu queria pedir, mãe. Posso convidar algumas colegas de classe pra tomar lanche de vez em quando? Por sorte, as mais amigas são também boas jogadoras, a professora já elogiou várias vezes.

— E você vai poder unir o útil ao agradável, não é mesmo? Mas por que não convida alguns colegas também? Está querendo montar o clube da Joaninha?

— Que ideia, mãe! Acontece que é muito mais fácil fazer amizade com as meninas, só isso...

— Quero só ver quando aparecer algum rapaz que mexa com esse coraçãozinho...

— Xi, mãe, é melhor não desviar o assunto...

— Tudo bem, tudo bem... Pode começar a convidar suas colegas-amigas, então. É só me avisar com antecedência.

11 *Vitória: gestação e nascimento*

A primeira semana do mês de abril já estava terminando e as aulas de Educação Física andavam a pleno vapor, principalmente depois que o jogo entre as turmas femininas tinha sido marcado para o segundo domingo do mês.

Joana seguiu à risca a orientação do pai, observando tudo e ficando muito atenta aos comentários da professora. Enquanto isso, foi convidando as colegas para passar a tarde em sua casa, como tinha combinado com a mãe.

O primeiro convite, claro, foi para Cármen e para Sílvia, suas primeiras e melhores amigas. Depois foram convidadas Telma e Selma, as irmãs gêmeas; no outro dia foram Clara e Luísa. Primeiro elas estudavam, depois se deliciavam com o lanche preparado por dona Teresa. E, além de comer à vontade, as meninas ainda levavam alguns quitutes para casa. Foi assim que as encomendas começaram a chover! Esperta a dona Teresa, hein?

Nesses primeiros encontros, Joana achou melhor não tocar no assunto da formação do time. Seu Manoel queria encontrar as dez prováveis jogadoras e só então marcar uma reunião com todas elas e expor os planos.

E o tão esperado domingo finalmente chegou! Seu Manoel, que já seria técnico, preparador físico e massagista, passaria a acumular mais uma função: a de "olheiro".

Acompanhada pelos pais e pelos avós, Joana chegou bem cedo, pois queria que seu Manoel conseguisse o lugar ideal para cumprir bem sua missão. Além disso, queria se concentrar e fazer seu aquecimento com calma, antes da chegada das companheiras.

Foi uma competição bonita e leal, que acabou com a vitória apertada da equipe de Joana: 3 a 2, com o terceiro gol marcado nos minutos finais. Joana não marcou nenhum, mas teve um bom desempenho. E seu Manoel, com muita dificuldade, chegou às conclusões que precisava para começar a delinear o Vitória-Régia. Só que tinha selecionado algumas meninas do time da filha e outras do adversário. Joana só ficou sabendo de tudo quando chegaram em casa...

— E então, pai? Não vai me contar suas impressões? Chegou a alguma conclusão? Não me deixe mais curiosa do que já estou!

— Calma, filha, calma. Acho que já temos um time completo, sim, pelo menos para começar a treinar.

— Que bom! Agora me diga quem foi que o senhor escolheu.

— Sinto muito, mas você vai ter que esperar até amanhã. Só me dei conta de que não sabia o nome das jogadoras um pouco antes do jogo começar. Daí voltei correndo pra casa e peguei a máquina fotográfica.

— Ah, então foi por isso que o senhor sumiu por um tempinho! Bem que eu percebi. Mas me descreva o jeito, a posição das meninas que escolheu. Pode ser que eu saiba quem são.

E os dois, ou melhor, os três, pois dona Teresa também queria participar da conversa, ficaram um bom tempo falando sobre o assunto. Por conta disso, a macarronada do domingo só saiu no meio da tarde...

Mas foi só na noite do dia seguinte, com as fotos reveladas, que Joana pôde saber o nome das jogadoras que seu pai escalaria. E, para a sorte de seu Manoel, claro, a opinião da filha coincidiu com a dele. A formação ideal do Vitória-Régia seria a seguinte: Mazé no gol, Clara, Luísa, Telma e Selma na defesa, Paula e Renata no meio de campo e Cármen, Helena, Sílvia e Joana no ataque. Joana ficaria mesmo na ponta-esquerda, pois, como canhoteira que era, chutava muito bem com a perna esquerda.

— Só tem um problema, Joana: quatro das escolhidas não são do seu time.

— Não se preocupe, pai. Com a Mazé e a Paula eu já conversei várias vezes. Só falta me aproximar da Renata e da Helena, que, por sinal, são muito simpáticas. No fim desta semana eu convido as quatro para virem lanchar aqui em casa, posso, mãe?

Feliz por ter sido chamada, pois estava louca para dar os seus palpites, dona Teresa deixou as empadinhas que estava fazendo e correu para a sala.

— Claro que pode, filha, claro! Posso preparar um lanche especial no sábado à tarde, por exemplo. Mesmo que tenha encomendas, faço um pouco mais de tudo e ponho uma mesa linda e farta para vocês!

E assim foi feito. Na tarde de sábado, a mesa estava posta para cinco pessoas, pois dona Teresa achou melhor deixar as meninas à vontade.

A reunião foi gostosa e descontraída. Depois do lanche, todas foram para a sala, onde seu Manoel estava assistindo a uma partida de futebol. Foi então que o papo rolou mais solto ainda.

— E então, meninas? Querem que eu desligue a televisão?

— Não, não senhor, seu Manoel. Nós todas gostamos muito de futebol, ainda mais agora que estamos treinando firme lá no colégio.

— Além disso, em ano de Copa do Mundo, qual é o brasileiro que consegue ficar fora da torcida?

Papo vai, papo vem, seu Manoel foi conquistando as amigas da filha, o que dona Teresa já havia conseguido com sua saborosa simpatia...

As visitas só foram embora quando começou a escurecer.

— Agora só falta convidar as dez de uma vez só, pode, mãe?

— Tudo bem, filha. Só que desse jeito vou ter que arrumar uma ajudante para dar conta das encomendas!

— Legal, mãe, legal!

• • •

No meio da semana, dona Teresa preparou uma sopa de abóbora com pedacinhos de pinhão e umas pizzas caseiras, que fazia como ninguém! Tudo isso para a primeira reunião do time completo, que estava marcada para o fim da tarde, depois da saída do colégio. A mesa grande da cozinha estava preparada para treze pessoas: as onze jogadoras, dona Teresa e seu Manoel.

As meninas acabaram chegando quase no mesmo horário e, quando soaram as badaladas das seis no sino da igreja, todos já estavam sentados para jantar e depois conversar sobre o assunto que os tinha reunido ali.

O jantar saboroso serviu para descontrair o ambiente e acalmar os estômagos barulhentos...

Depois que a louça foi recolhida, seu Manoel falou algumas palavras e pediu que Joana começasse a relatar os planos que tinham em mente.

— Bem, vou contar pra vocês a minha chegada aqui em Santo Antônio, a maneira como fui recebida pelos meninos do Espelunca... Embora a maioria já saiba, acho legal começar falando sobre isso.

Objetiva como era, a menina fez um breve resumo das razões que a levaram a pensar em formar um time feminino para desafiar o Espelunca. E pediu que todas dessem palpites, sugestões...

A primeira a se manifestar foi Mazé:

— Por mim, tudo bem, Joana. Achei ótima a ideia de pensar num time feminino.

— Concordo com a Mazé e também com a ideia de fazer tudo em segredo. Dá mais suspense, mais motivação até...

— Estou com a Mazé e a Paula. Só acho que a gente não deve agir pensando em revidar a humilhação que a Joana sofreu...

— Falou, Helena! Em primeiro lugar, o empenho para se sair bem, para não fazer feio, mesmo que a gente não ganhe o jogo.

— Isso não, Renata! Acho que a gente tem que se empenhar mesmo, mas pensar só na vitória!

Foi então que Joana não resistiu, se levantou e, gesticulando...

— Muito bem, Luísa, gostei de ouvir! A gente tem que honrar o nome do nosso time! E não deixar que a palavra derrota faça parte dos nossos pensamentos!

— Calma, filha, calma... Agora, para esfriar a cabeça, vou servir o sorvete especial que preparei: creme, com calda de amora, uma delícia!

Dona Teresa interveio na hora certa, com a medida mais adequada.

Assim, a reunião terminou fresca como a noite que caía e agridoce como a mistura daqueles onze temperamentos tão diferentes, que acabariam se harmonizando com a convivência, conforme um coração de mãe intuía...

12 *A interferência inesperada*

Aconteceu no pátio do colégio e foi chocante: Joana, de um lado, se despedindo de uma amiga e andando meio de costas, e um rapaz, do outro, fazendo a mesma coisa. Não deu outra: uma trombada, não de trombas, mas de costas. Joana cambaleou, quase caiu, mas a muito custo conseguiu se equilibrar.

Os dois levaram um susto, mas tiveram reações diferentes. Joana, de pavio curto, ainda de costas...

— Ei! Por que não olha por onde anda, seu brutamontes? Mais parece um trator!

O garoto, devagar e sempre...

— Desculpe, mas você também não estava olhando...

Os dois, agora frente a frente, Joana chispando e o rapaz sorrindo...

— Machucou? Ainda bem que você não caiu! Meu nome é Luís Eugênio, mas todos me chamam de Geninho. E o seu?

Quando olhou para o rapaz, porém, as palavras foram perdendo a força, perdendo, até morrer na boca... Joana ficou vermelha, primeiro de vergonha, depois de raiva, por sentir o quente da cor em seu rosto, ameaçou dizer algo, gaguejou, ficou com mais raiva ainda, tentou disfarçar, foi pior, aquele rosto, aquele jeito de olhar, ela nunca havia sentido isso antes, o coração disparou, o corpo tremeu, abalado por um conjunto de sensações até então desconhecidas.

Finalmente conseguiu balbuciar — desculpe, estou atrasada... — e saiu depressa, quase correndo, de volta à sala de aula. De repente parou, olhou para trás...

— O meu é Joana! — e continuou a correr.

Ainda bem que a professora não a chamou para nada, ela não conseguia prestar atenção mesmo, não adiantava insistir, a imagem daquele olhar e daquele jeito de sorrir, só pelos cantos da boca, era um meio sorriso constante, o corpo esguio, magro, e as mãos, meu Deus, as mãos eram de pianista, dedos alongados, gestos delicados...

"Nossa! Como tive tempo de perceber tudo isso?" Ela estava cada vez mais surpresa com a própria reação. "Isso nunca me aconteceu antes!"

Joana ficou desse jeito estranho durante alguns dias. Mais calada, pensativa, distraída, ares de sonhadora... Não via a hora de cruzar com o menino de novo, para ter certeza de que a sensação seria a mesma, que não tinha sido, assim, exagerada, por causa do

— Ei! Por que não olha por onde anda, seu brutamontes?

susto provocado pelo encontrão, mas só depois de alguns dias é que isso aconteceu.

Sabe como? Da maneira mais natural possível, pelo menos da parte dele...

— E aí, tudo bem? Sobreviveu à trombada de costas?

O mesmo jeito de sorrir, a mesma voz macia, as mãos, ai, uma delas estava estendida, num gesto de paz.

— Que tal a gente tomar um suco, para esquecer o impacto do primeiro encontro? Você é minha convidada.

Joana não sabia se falava ou só ouvia, se aceitava ou recusava, se fugia ou ficava, enfrentava... E as palavras, meu Deus? Por que ficavam presas na garganta?

— Bem... e-eu não sei... não sei se dá tempo...

— Dá, sim, ainda temos uns dez minutos. E então, não quer apertar minha mão, Joana?

— Claro, claro, Geninho... Desculpe a distração...

Foram dez minutos preciosos! E suficientes para que os dois finalmente se apresentassem. Geninho, muito solto...

— Eu comecei o ano no período da tarde, sabe, mas fiquei na lista de espera para uma vaga na turma da manhã. Faz só uns dez dias que consegui mudar.

Joana, ainda um pouco nervosa, amarrada, mal conseguia responder. Para se acalmar, resolveu pedir um suco de maracujá, o mais saboroso de todos os que já havia tomado.

Aquele encontro serviu para descontrair e abrir uma porta para novos encontros, Joana sentia. E isso bastava para deixá-la muito feliz!

Foi com essa sensação que assistiu às últimas aulas e chegou em casa. E, pelo visto, mesmo que teimasse em afirmar que nada de diferente tinha acontecido, não convencia ninguém: a expressão do seu rosto dizia o contrário.

— Bem, minha filha, se resolver falar sobre o que aconteceu, é só me chamar. Sou sua mãe e quero ser sua amiga também, lembre-se sempre disso.

— Tá bom, mãe. Eu não vou me esquecer, prometo.

• • •

Pois é... Quando tudo parecia correr às mil maravilhas para Joana, cujos planos estavam se cumprindo melhor do que imaginava, aconteceu aquele encontro que mexeu tanto com ela, de uma forma tão intensa que fugia a qualquer tipo de controle.

Pela primeira vez na vida, a menina ficou sem rumo, sem ação, surpreendendo a todos e a si mesma, o que era ainda mais preocupante!

Ainda bem que a reunião com as dez meninas do Vitória já tinha sido realizada. O próximo passo dos planos, ou seja, os treinamentos, teria de esperar um pouco.

13 *Tempo de sonhar*

Joana, que normalmente tinha os pés fincados no chão, continuou nas nuvens por algum tempo ainda, sonhando dormindo e acordada. Sonhava com Geninho quase todas as noites, você acredita? O mais lindo dos sonhos tinha sido numa roda-gigante: a cadeirinha onde os dois estavam ficou parada bem no alto, por um bom tempo, pois a energia havia sido cortada. Se ficou com medo? Imagine! Com os braços de Geninho no seu ombro, em sinal de proteção, e a lua cheia brilhando bem na frente, pertinho, pertinho, ela se sentiu no sétimo céu, no paraíso!

Acordou tão feliz e impressionada que resolveu não só escrever seu sonho como ilustrá-lo. Comprou um caderno lindo, com a capa forrada de tecido florido, que passou a ser o seu Caderno de Sonhos. Quer ver como ficou?

Depois de uma semana, dona Teresa começou a se preocupar:

— O que é que você acha da Joana, assim tão diferente, Manoel? Tá certo que ela está até mais feliz, mas essa não é a filha que conhecemos!

— Tem razão, Teresa. Sabe que faz mais de uma semana que ela não toca no assunto de futebol? Isso, sim, é o que mais me preocupa.

— Vou esperar mais este fim de semana. Se não voltar ao seu normal, vou ter uma conversa séria com ela!

— Vá com calma, mulher, vá com calma!

Só que a mãe não precisou esperar todos esses dias, não. No sábado de manhã...

— Ô, mãe, será que a gente podia sair para comprar tecido para fazer um vestido novo? Faz tempo que a senhora não costura nada pra mim... Ah, outra coisa... A senhora pode me ajudar a escolher o modelo. Eu até comprei uma revista pra gente tirar algumas ideias...

— O quêêêê? Você está falando séééério?

— Claro que estou! Por que tanta surpresa? Aliás, também queria dar uma cortadinha no cabelo. A senhora vai comigo?

— Não, não pode ser! Você deve estar com febre, minha filha!

— Não estou, não senhora! Estou ótima, nunca estive tão bem!

— É claro que eu faço um vestido novo, dois, até três! E levo você até o melhor salão de beleza da cidade, que, por sinal, é de uma freguesa minha. Mas antes você vai ter de me contar o que foi que aconteceu de tão importante que mexeu assim com sua cabeça, Joana!

— Se a senhora prometer guardar segredo, eu conto, mãe. Acho que vai me fazer bem mesmo. Nem eu consigo mais me entender! Se não falar, sou capaz de explodir!

Foi assim que, pela primeira vez, mãe e filha conversaram sobre assuntos íntimos. A menina se abriu, contou tudo sobre Geninho, os encontros, sua reação, suas dúvidas e expectativas...

— Sabe, mãe, eu não sei se ele também ficou impressionado comigo, se pensa em mim como eu penso nele, não sei o que posso esperar, se devo esperar alguma coisa... Só sei que todo dia, quando chego no colégio, fico procurando por ele, quero passar perto, ver se ele me olha, de que jeito me olha...

— Calma, filha, não fique assim, tão ansiosa. Deixe que as coisas aconteçam naturalmente. Não evite, nem insista. E veja se consegue levar sua vida como antes. Por falar nisso, que tal voltar a pensar no Vitória-Régia? Não acha que está na hora de começar os treinamentos? Afinal, já estamos quase no mês de maio, daqui a pouco acaba o primeiro semestre...

Nesse exato momento seu Manoel entrou em casa.

— Será que eu ouvi bem? Vocês estavam falando em treinamentos?

— Ouviu, sim, pai. Acho que está mais que na hora de começar, o senhor também não acha?

— Claro que sim! Podemos combinar tudo hoje, pra começar na semana que vem.

Ufa! Que alívio! Se Joana imaginasse que o papo com a mãe ia lhe fazer tão bem, não tinha esperado tanto! Só de ter falado, desabafado, ela já se sentia outra! Até seu entusiasmo pelo Vitória, que dormia profundamente, havia despertado!

Na verdade, foi a partir daquele dia, daquela conversa, que mãe e filha, mesmo sem se darem conta, tinham feito nascer entre elas uma linda e cúmplice amizade.

— Combinado, pai! Na segunda-feira eu convido as meninas para uma reunião aqui em casa, numa hora em que o senhor esteja.

— Você não acha melhor marcar o encontro em outro lugar? Se for sempre aqui, os meninos do Espelunca vão acabar desconfiando de alguma coisa. Pelo menos a metade deles mora aqui por perto!

— Tem razão, tem toda a razão, pai. Vou pensar num outro jeito... Já sei! Vou perguntar pra vó Rosa se a reunião pode ser na casa dela.

— Ótima ideia, Joana. Aliás, acho que podíamos até começar nossos treinos no quintal da casa dela. É enorme, bem maior que o nosso.

— Pronto. Já está tudo arranjado. Tenho certeza de que a vó Rosa vai nos ajudar. E o vô Teo vai aprovar e querer participar, claro. Do jeito que ele gosta de mim e de futebol...

Nesse momento, seu Manoel e dona Teresa trocaram um olhar significativo. Um olhar que poderia ser traduzido pela frase: "Essa, sim, é a nossa Joana!".

Na noite daquele sábado, dona Rosalice ligou convidando os três para o almoço de domingo. Ia fazer cuscuz paulista, que a neta adorava, e a sobremesa preferida do genro, um pavê. Para a filha Teresa, os famosos e minúsculos sonhos, recheados de goiabada, para tomar com o café.

Pronto. Aquele domingo marcaria a volta à normalidade. Pelo menos era isso que Joana achava e esperava.

14 *Interlúdio*

O almoço foi ótimo, não só pela comida, mas também pela reação dos avós, que não opuseram nenhuma resistência aos pedidos da neta: concordaram com tudo e ficaram animadíssimos com os planos. Seu Teodoro disse que ia começar a preparar o quintal para que o time pudesse treinar dentro de dois ou três dias. Era só uma questão de combinar o dia e avisar.

Joana voltou para casa muito animada com a semana que teria pela frente.

— Amanhã mesmo falo com as meninas, e vejo se dá pra deixar meio combinado da gente se reunir na quinta-feira, lá pelas cinco e meia da tarde, né, pai?

— Isso mesmo. Em meia hora eu chego, com folga, na casa da sua avó. Daí, a gente combina o dia ou os dias de treinamento, Joana. Talvez as meninas achem melhor a manhã de sábado, por exemplo.

— Isso a gente só vai poder resolver depois do próximo encontro, pai.

— Eu vou também! Se tiver alguma encomenda, levo os ingredientes e faço na casa da sua avó. Quero participar de tudo e ajudar no que for possível!

— Tudo bem, mãe, eu já estava contando com a senhora mesmo.

Sim, o domingo parecia ter devolvido a normalidade à vida de Joana e à rotina da família.

Parecia... até a hora em que Joana descansou a cabeça no travesseiro, exausta e morrendo de sono. Mesmo assim, a única imagem que ocupou seu pensamento foi a de Geninho e seu meio sorriso, suas mãos, seu jeito de balançar a cabeça para tirar o cabelo da testa...

E foi com ele, só com ele, que a menina sonhou a noite toda!

Na manhã seguinte, cedinho, a casa ainda silenciosa, ela se levantou, foi até sua escrivaninha e abriu o Caderno de Sonhos...

Eu estava de vestido novo, feito com um tecido estampado de conchinhas das mais variadas formas, estrelas-do-mar e cavalos-marinhos, lindo! Era fininho, esvoaçante, quase transparente. À medida que eu andava e o vento soprava, ele ameaçava subir e descer, feito ondas do mar! Meus sapatos, então, eram feitos de madrepérola, delicadíssimos, com um salto bastante alto e fino. Meus cabelos estavam presos em uma trança, também enfeitada com conchas pequeninas.

E sabe onde eu estava, caderno, vestida com essa roupa tão especial? No pátio da escola, imagine só! Quando as pessoas me viram, pararam tudo o que estavam fazendo ou dizendo e ficaram me olhando, só me olhando, boquiabertas! Mas eu só enxergava uma única pessoa, só olhava para ela e caminhava na sua direção. Quem mais poderia ser? Geninho, claro, lindo feito um príncipe, vestido com um terno branco, os cabelos com gel, penteados para trás, as mãos estendidas para mim.

De repente, caderno, não mais que de repente, eu me dei conta da situação, olhei para toda aquela gente com os olhos fixos em mim, e parece que acordei de um sonho no meu próprio sonho, dá pra entender? Pois é... Foi a conta: torci o pé, o salto de um dos sapatos quebrou, quase caí, todo mundo começou a rir, baixinho, primeiro, depois alto, muito alto, fiquei vermelha de vergonha e de raiva, queria que o chão se abrisse num buraco para que eu pudesse entrar, um horror!

Só Geninho não ria, e caminhava devagar, ao meu encontro, pra me ajudar, eu sabia, só que ele andava em câmera lenta, não chegava, não chegava... E todo mundo ria, gargalhava, e eu... eu... Ah, de repente, não mais que de repente, me deu uma coisa, a raiva superou a vergonha, tirei os sapatos, fiquei descalça, levantei a cabeça e corri para o Geninho, que parecia não sair do lugar, de tão devagar que andava!

Foi aí que aconteceu a parte mais linda da história, ou melhor, do sonho: quando nos encontramos, Geninho me abraçou e começamos a dançar, dançar, chegamos a sair do chão, a levitar, uma delícia! Foi aí que todos pararam de rir e começaram a aplaudir, aplaudir, aplaudir... E, quanto mais eles aplaudiam, mais a gente subia, subia, depois descia, descia, até chegar sabe onde? No mar, imagine! Só que, quando toquei meus pés na água gelada, tive um calafrio e... e... acordei! Que pena! Que sonho lindo! Que sensação boa!

Foi esse o sonho que tive esta noite, caderno. Um sonho que me fez acordar mais cedo, porque, com certeza, queria ser registrado aqui, em suas páginas. Pois está registrado!

15 *Tempo de viver e sonhar*

Por aí você pode perceber que a rotina de Joana não estava totalmente normalizada, por mais que ela tivesse feito um esforço enorme para isso. E sonhos como esse, apesar de provocar nela sensações deliciosas, acabavam tirando seus pés do chão, mesmo depois de acordada, e dificultando sua concentração para as tarefas práticas do dia a dia.

— O que é que eu faço, mãe? Fui deitar tão animada com os planos para o Vitória e só sonhei com o Geninho! E agora não vejo a hora de chegar ao colégio para vê-lo! E, se isso não acontecer, sei que vou ficar chateada o dia inteiro e nem vou me animar para falar com as meninas do time! O que é que eu faço? Me diga!

— Pois eu lhe digo que fique calma, filha, que tente controlar a ansiedade e, principalmente, que consiga curtir a parte boa da sua história com Geninho, que...

— Mas que história, mãe? Ela só existe na minha cabeça, nos meus sonhos!

— Quem é que pode garantir isso? Espere... Por que não convida o menino para tomar um lanche aqui em casa? É uma maneira da gente conhecê-lo melhor, saber um pouco mais da vida dele, de sua família...

— O quêêê? Ficou maluca? Xi, mãe, acho que a maluca fui eu de pedir conselhos para a senhora, isso sim!

Foi aí que as duas começaram a rir, Joana sentada na cama, a mãe ao seu lado, Caramelo deitado no seu tapete e Bombom, na sua almofada. (Eles dormiam no quartinho do quintal, mas passavam o dia à vontade, dentro ou fora de casa.)

— Sabe de uma coisa, mãe? Acabo de descobrir que falar dessas coisas me faz muito bem! Já estou mais aliviada e pronta para enfrentar esta segundona de novo!

— Então se apresse, filha, que já está na hora!

• • •

E assim, sonhando e acordando, falando e desabafando, Joana foi aprendendo a lidar com as novas sensações provocadas pela chegada de Geninho em sua vida, ou melhor, em seu coração...

Apesar disso, conseguiu fazer tudo a que tinha se proposto no domingo: falou com as meninas do Vitória, as já chamadas "vitorianas", falou com o avô, para saber se o quintal estava pronto para os treinos, falou com o pai, com a mãe e tudo ficou combinado para a tarde de quinta-feira, a partir das cinco e meia.

Quanto a Geninho, bem... na segunda-feira não aconteceu nada, eles mal se viram, na terça também não, mas na quarta... Ah, foi na quarta que o coração de Joana tremeu, fez seu corpo vacilar, quase cair! Os dois se encontraram na saída da escola, não havia quase ninguém por perto, Geninho se adiantou, pôs a mão no ombro dela...

— Peraí, Joana, posso acompanhar você até sua casa? A gente pode ir conversando, não tenho pressa mesmo...

Joana ficou sem ação, sem palavras inteiras, nem meias palavras...

— Bem, então vamos. Eu não moro muito longe de você, não.

— Como? Quer dizer que você sabe onde eu moro?

— Claro! A cidade não é muito grande, sou amigo de todo mundo... Aliás, já ouvi dizer que a dona Teresa é uma quituteira de mão-cheia, foi assim mesmo que minha mãe falou. Uma amiga dela provou e adorou!

Então, até o nome de sua mãe ele sabia!

— Que bom! Ela vai ficar contente quando souber.

— Eu mesmo posso lhe dizer, se você me convidar pra entrar, claro...

— Bom, já estamos quase chegando, não sei, mas... Olhe! Olhe minha mãe! É aquela que vem vindo ali! Deve ter ficado preocupada com minha demora, tadinha!

Quando os três se encontraram, foi incrível! Parecia que dona Teresa já conhecia Geninho, e vice-versa. Os dois se cumprimentaram, o rapaz foi logo convidado não só para entrar, mas para almoçar, ainda mais quando falou que já sabia da sua fama de boa quituteira.

— Pois então é hoje que você vai provar não só os meus quitutes mas também a minha comida. E vai conhecer Manoel, meu marido, que já está em casa, morrendo de fome, coitado! Enquanto isso, Joana vai tirar o uniforme. Só que agora você vai ligar pra sua mãe, avisando, não é, meu filho?

Está vendo a intimidade do tratamento? Dona Teresa era assim mesmo, não fazia por mal, Joana sabia. Teria agido da mesma maneira, mesmo que não fosse com o Geninho.

E, pensando bem, sua mãe acabou dando uma mãozinha ao destino...

Joana ainda demorou algum tempo para ficar à vontade, ainda mais dentro de um dos vestidos novos do verdadeiro enxoval que a mãe e a avó tinham preparado para ela. O pior foi que seus pés logo começaram a reclamar dos sapatos, que, além de ranger, mostrando que eram novos, ainda apertavam a ponta dos dedões. Que vergonha! Que raiva de ficar assim, encolhida e tímida, na presença de Geninho, que, ao contrário, de tímido é que não tinha nada... Com que facilidade se aproximou não só de Joana, mas de sua mãe, e depois conversou com seu Manoel, durante e após o almoço!

Na hora da despedida...

— Muito obrigado, dona Teresa, seu Manoel... Da próxima vez, se seus pais permitirem, Joana, você é que vai almoçar ou jantar lá em casa, tá? Vou falar com minha mãe e depois a gente combina.

— Joana, acompanhe seu amigo até o portão.

Já do lado de fora...

— Ah, acho que ainda não falei que você fica muito bonita vestida desse jeito.

Joana nem respondeu, não conseguiu, só balançou a cabeça. Quando entrou em casa...

— E então, filha? Não foi melhor assim? Que menino simpático, educado, você não achou, Manoel?

— Muito, muito educado! É seu colega de classe, Joana?

— Não, pai. É de uma série mais adiantada. E querem saber de uma coisa? Vou já tirar esta roupa, que está me incomodando, e estes sapatos, que já fizeram bolhas nos dois pés!

Sozinha, depois, com dona Teresa...

— Mãe, ainda não engoli aquele papo de convidar o Geninho pra lanchar aqui em casa, no sábado passado, se lembra? E, agora, ele chega quase na hora do almoço e praticamente se convida pra almoçar! Aposto que a senhora fez alguma promessa a Santo Antônio, não fez?

— Não, filha, juro que não! Além do mais, a iniciativa do convite foi minha! Mas mesmo sem promessa o santo já deu uma mãozinha... E não foi bom tudo o que aconteceu, assim, sem esperar nem planejar? O que eu quero, Joana, é que seja mais natural essa sua relação com o Geninho. E que você não fique tão ansiosa, perturbada, a ponto de não conseguir se concentrar nas outras tarefas.

— Falar é fácil, mãe, muito fácil! Mas acho que a senhora tem razão. Só que almoçar na casa dele eu não vou mesmo! Nem morta!

— Ora, não diga bobagem... Deixe passar mais algum tempo e a gente volta a falar sobre o assunto. Agora vamos trabalhar! Depois que fizer a lição de casa, não quer me ajudar nos salgadinhos? Peguei uma encomenda enorme para amanhã!

— Claro que ajudo, mãe.

— Pensando bem, filha, por que a gente não aumenta um pouco mais a quantidade de tudo pra você tentar vender lá no colégio ou em outro lugar? O lucro seria seu!

— Que legal, mãe! Mas acho que podemos melhorar essa sua ideia. Vou propor, na reunião de amanhã, que todo mundo participe das vendas, e o dinheiro vai para a caixinha do Vitória!

— Isso mesmo, filha! Com o dinheiro das primeiras vendas vocês podem comprar o uniforme. Então, vá fazer sua lição e, depois, mãos à obra!

Pronto! Uma coisa que Joana tinha de sobra era entusiasmo. Entusiasmo e otimismo, uma coisa levava à outra. E, à medida que os dias passavam, ia percebendo que as sensações e os sentimentos que a ligavam a Geninho, que ela ainda nem sabia como chamar, faziam parte de um compartimento do seu coração onde não cabia mais nada. Tudo o que não se relacionasse a ele ocupava o resto do seu coração. E, mesmo sem saber por que, essa percepção já lhe fazia bem, já bastava para acalmar sua ansiedade. Que bom!

16 *O clube dos vitorianos*

A primeira reunião do time foi para conversar e descontrair. Afinal, o grupo precisava de um pouco mais de tempo para se conhecer melhor e se entrosar realmente. E, nessa tarefa, tanto dona Rosalice quanto sua filha eram mestras.

É lógico que para isso uma mesa farta e bem posta era fundamental. Impossível não sentir aconchego e bem-estar com o cheiro de café misturado à baunilha do creminho que serviu de recheio aos pequenos sonhos, especialidade da vó Rosa... Isso, sem falar na simpatia do vô Teo, sentado na sua cadeira de balanço, ouvindo moda de viola, bem baixinho, e dando um palpite ou outro de vez em quando.

Quando o pessoal foi ver o quintal que ele tinha preparado para receber o time da neta tão querida, não foi só ela que chegou a se emocionar...

— Seu Teodoro, eu já disse que o senhor é o melhor avô do mundo?

— Já, mas pode repetir sempre, que eu adoro ouvir, Joaninha...

Bem, a reunião começou às cinco e meia, à mesa do lanche da tarde. Entre uma gostosura e outra, as decisões iam sendo tomadas e anunciadas por seu Teodoro.

— Os treinamentos, então, serão realizados aqui, no nosso quintal, às quartas-feiras, neste mesmo horário, e, aos sábados, às nove da manhã. Agora, quanto à ideia de vender os salgadinhos para arrecadar fundos para o Vitória...

— Temos uma sugestão, pessoal: que tudo seja vendido na padaria do nosso pai, que está de acordo com a ideia, claro. É a Padaria do Anselmo, vocês devem conhecer. Se a gente quer segredo absoluto, vai dar menos na vista, vocês não acham?

Todos concordaram na hora com a sensata sugestão das gêmeas Selma e Telma.

— E agora, para finalizar, vamos à votação para eleger a diretoria do Vitória-Régia Futebol Clube.

Se você está pensando que a presidenta eleita foi a Joana, se enganou redondamente... Seu Teodoro, o avô, que, com sua calma de bom observador, havia conduzido essa primeira reunião, foi o escolhido. Joana, que já era a capitã do time, ficou como secretária-geral e as gêmeas Telma e Selma, como tesoureiras, pois, além de serem ótimas em Matemática, a primeira grande transação do clube seria feita com a padaria do pai delas.

Seu Manoel continuaria com suas funções de técnico, preparador físico, olheiro e tudo o que dissesse respeito ao funcionamento tático do Vitória.

Já a vó Rosa acabou sendo designada para o cargo de vice-presidenta, uma vez que poderia trabalhar em conjunto com seu marido ou até, eventualmente, substituí-lo. E dona Teresa ficou como segunda secretária, fazendo uma dobradinha com a filha.

— E agora, para finalizar, vamos à votação para eleger a diretoria do Vitória-Régia Futebol Clube.

Se todos entendiam de futebol? Bem, e que brasileiro diz que não entende do assunto, principalmente em ano de Copa do Mundo?...

• • •

Maio estava chegando ao fim e, com ele, ia-se também o calor. Muito frio estava prometido para o mês das fogueiras, do quentão e das bandeirinhas de Santo Antônio, São João e São Pedro. E a cidade inteira, que já se preparava com uma alegria contagiante para a grande festa do seu padroeiro, no dia 13, se alegrava com a proximidade do inverno. Afinal, festa com quentão e fogueira não tinha a menor graça sem o frio da estação.

A atenção da maioria das pessoas voltada para a festa só facilitara a vida dos vitorianos, que puderam realizar suas reuniões e treinamentos sem maiores preocupações. O clube dos quinze, isto é, das onze jogadoras, dona Rosalice e seu Teodoro, dona Teresa e seu Manoel, estava funcionando de maneira muito entrosada.

Os negócios com a padaria do seu Anselmo foram além do esperado. Os quitutes de dona Teresa e sua filha-assistente estavam sendo disputados pela freguesia e o dinheiro começou a forrar o caixa do Vitória. Só que, quando soube que ele seria usado na compra do uniforme, seu Anselmo pediu para participar de uma reunião do clube. Para quê? Mais um para dar palpites? Se você estava pensando isso, se enganou redondamente...

— Quero propor um outro negócio: vocês estampam o nome e o logotipo do meu estabelecimento nas camisetas e, em troca, eu patrocino o uniforme para o time todo.

Silêncio absoluto na sala da casa de dona Rosa por alguns segundos. Em seguida, como se tivessem combinado, as onze meninas avançaram na direção de seu Anselmo, que sumiu entre tantos braços e abraços.

Emoção dos adultos também, claro, que a cada dia que passava mais se entusiasmavam com o entusiasmo das meninas.

E, por falar em entusiasmo, como andava o coração de Joana em relação a Geninho?

Ainda batia forte toda vez que o via. E batia ainda mais forte toda vez que ele se aproximava. Quando Geninho a tocava, então, com seus longos dedos de pianista, o coração parecia querer saltar para fora do peito.

De vez em quando o rapaz pedia para acompanhá-la até sua casa, mas nunca mais se convidou nem aceitou os insistentes convites de dona Teresa para almoçar. Talvez porque Joana tivesse se recusado, embora educadamente, a ir até sua casa, ainda que fosse para um lanchinho.

— Será que ele ficou magoado, ofendido, mãe? Seria melhor aceitar, da próxima vez, quero dizer, se ainda houver uma próxima vez?

— Acho que seria ótimo, Joana. Geninho já provou que é um menino muito educado e que quer ser seu amigo... pelo menos.

— Por que pelo menos? A senhora acha que ele quer alguma coisa a mais?

— Claro que sim, minha filha! Só você ainda não percebeu! Até seu pai já comentou!

— Jura, mãe? Será?... Mas ele nunca me disse nada!

— Certas coisas não precisam ser ditas, Joana. Ou melhor, não precisam ser ditas com palavras. Basta um olhar, um toque, um aceno, um agrado...

— Ai, mãe, a senhora está me deixando nervosa!

— O telefone está tocando, não está? Vá atender, por favor. Depois a gente continua o papo.

Alguns minutos mais tarde...

— Quem era, Joana?

Quando dona Teresa olhou para ela...

— Virgem Maria! Como você está pálida! Quem era? Algum engraçadinho querendo passar trote?

— Não, mãe... Era... era... o Geninho, me convidando, ou melhor, me intimando a ir tomar lanche na casa dele agora, que sua mãe fez um bolo especial. Disse que está vindo me buscar.

— Nossa! Até parece que ele ouviu nossa conversa! Ande, vá se arrumar, filha! Acorde, menina!

17 *Uma visita em sinfonia*

E Joana finalmente acordou! Quando Geninho tocou a campainha, ela já estava prontinha, esperando.

— Vá abrir, filha. Aposto que ele vai adorar o seu vestido!

— É melhor ir logo mesmo, mãe, antes que eu resolva trocar de roupa e de sapatos. Podem ser muito bonitos, mas não me sinto eu dentro deles. Parece que me deixam ainda mais nervosa do que já estou!

Nervosa, sim, mas feliz. Era melhor, mesmo, descobrir se estava rolando um clima diferente, ou era coisa da cabeça de sua mãe, casamenteira demais para o seu gosto, depois que se mudou para a cidade de Santo Antônio. Mas, apesar dos pesares, foi com cara de felicidade que Joana recebeu Geninho.

Assim que os dois caminharam um pouco e iam virar a primeira esquina, deram de cara com os meninos do Espelunca, que deviam ter saído mais cedo do colégio. Era o que Joana menos queria que acontecesse! Mas, para seu espanto, Geninho os cumprimentou de maneira bastante familiar.

— E aí, Duda? Ainda está de pé a reunião que a gente marcou na semana passada?

— Reunião?... Ah, sim, claro... Estou precisando mesmo de uma ajuda em Matemática...

E desconversando rápido....

— E com você, Joana? Tudo bem? Sabe que foi difícil reconhecê-la vestida desse jeito?

— Ficou muito mais bonita, vocês também não acham?

— Bem, quanto a isso...

Antes que a situação ficasse ainda mais crítica, a menina resolveu intervir.

— Vamos, Geninho. Não é legal fazer sua mãe esperar.

Quando os dois seguiram caminho...

— Você não só conhece esses meninos como é muito amigo deles, pelo jeito.

— Conheço, sim, e sou amigo também. Por quê? Alguma coisa contra?

— Bem, essa é uma longa história! Um dia eu lhe conto.

A chegada, as apresentações e os cumprimentos foram um pouco penosos para Joana, ainda um pouco constrangida. Ela conheceu a mãe, dona Diva, e a irmã, Ana Lúcia, dois anos mais velha que Geninho. O pai, seu Geraldo, ainda estava trabalhando e só ia chegar bem mais tarde.

Joana demorou menos do que imaginava para se sentir à vontade. No meio do lanche já estava bastante descontraída, conversando muito, rindo e fazendo rir, com seu jeito espontâneo de falar de si e da sua vida.

Mas o que mais a impressionou foi a vocação musical da família. Dona Diva era professora de piano, seu Geraldo tocava oboé e Ana Lúcia também tocava piano.

— E você, Geninho? Toca algum instrumento?

Nesse exato momento, um cachorro da vizinhança começou a latir, uivar quase; em seguida, todos os outros o seguiram, inclusive Tristão, o labrador da casa, em um coro canino de arrepiar!

— Corra, Geninho, vá buscar seu trompete!

Joana olhava de um lado para outro, sem entender nada.

Geninho foi e voltou em dois segundos, e começou a tocar uma melodia ma-ra-vi-lho-sa, essa, sim, de arrepiar a alma de tanta beleza!

Depois de alguns minutos, os cachorros se acalmaram, foram parando de latir, passaram a choramingar, até se calarem completamente.

Joana pensou, só pensou, nem sequer ousou sussurrar alguma coisa, com medo de quebrar o encanto do momento: "Meu Deus, que incrível! Os cachorros se calaram para escutar a música! Tenho certeza de que Caramelo também ia adorar!".

Quando Geninho terminou...

— Este é o instrumento que mais gosto de tocar, Joana. É herança do meu avô, que também era músico e chegou a tocar em grandes orquestras!

E a música que acalmou os cachorros faz parte da terceira sinfonia de um compositor chamado Mahler.

— Faz parte exatamente do terceiro movimento, que tem como subtítulo "O que me dizem os animais da floresta". No movimento anterior ele se refere às flores do campo. Ah, esse solo de trompete, feito pelo Geninho, era originariamente feito com um instrumento chamado corneta de postilhão. E então, gostou, Joana?

— Se eu gostei, dona Diva? Adorei! Amei! Acho que até mais que os cachorros... Mas me fale mais sobre essa corneta, por favor.

— Bem, na época das diligências, espécie de carruagem puxada por cavalos e usada para o transporte de passageiros, isso antes dos trens e dos automóveis, bem, naquela época, as cornetas de postilhão serviam para anunciar a partida e a chegada dessas carruagens, entre outras coisas.

— Que legal! Mas você tinha dito, Geninho, que era o instrumento que você mais gosta de tocar... Isso quer dizer que...

— Quer dizer, Joana, que o meu filho foi o mais agraciado da família quanto aos dotes musicais. Ele é capaz de tocar praticamente todos os instrumentos...

— Peraí, mãe, não precisa exagerar!

— Não é exagero. Você realmente é o mais dotado da família. Já nasceu com notas musicais na cabeça! O problema é que não se dedica como deveria. E você, Joana, gosta de música clássica?

— Bem, dona Diva, gostar eu gosto, quando ouço e me dizem que é clássica, como agora. Mas não conheço nada... Lá em casa só ouvimos música caipira, música de raiz, como meu pai gosta de chamar, ou moda de viola, nome que minha mãe prefere... Esse tipo de música eu já cresci ouvindo e gostando.

— Pois, então, se se interessar, estou à sua disposição. Quem sabe você não resolve estudar piano?

— Pode ser, dona Diva, pode ser... De qualquer forma, muito obrigada. Bem, mas agora tenho de ir embora, já é tarde.

Joana agradeceu mais uma vez e só conseguiu sair depois de prometer voltar em breve, muito breve. Apesar da sua insistência em ir sozinha, Geninho fez questão de acompanhá-la até a porta de sua casa. E, na despedida, na despedida... sabe o que foi que aconteceu? Num gesto inesperado, ele sapecou-lhe um beijo na boca, você acredita? Foi só um selinho, tá certo, mas foi um beijo! E foi o primeiro beijo de Joana!

— Des-desculpe, Joana, foi... foi um impulso incontrolável! Desculpe...

Disse isso e saiu correndo, ventando, voando, deixando a menina de boca aberta, paralisada, uma estátua! Quando Joana conseguiu se mover e entrou em casa...

— Que cara é essa, menina? O que aconteceu?

— Um beijo, mãe! O Geninho me beijou aí na porta de casa, pediu desculpas e saiu correndo!

— Mas foi só um beijinho no rosto, não foi? Bem de leve...

— Bem de leve foi, mãe, de raspão... Mas foi na boca!

Dona Teresa parou de mexer a panela no fogo, sentou-se na cadeira, apoiou os cotovelos na mesa e levou as mãos à cabeça...

— Meu Santo Antônio das Rosas!

— Calma, mãe! Também não foi assim tão grave! Acontece que eu não esperava, eu nem sonhava que isso pudesse acontecer! E acho que nem ele... Ainda estou em estado de choque. Tanto que nem consigo saber se gostei... muito ou pouco...

— Ah, então quer dizer que a senhorita gostou, é?

— E não era pra gostar, dona Teresa? O que é que há de errado nisso?

— Tem razão, filha. Tem toda a razão... Hum... Que cheiro de queimado! Ai, a massa das minhas coxinhas, meu São Benedito!

O universo da cozinha pertencia a São Benedito, o santo que dizem ter sido cozinheiro. Dona Teresa era da opinião de que a gente não devia sobrecarregar nenhum santo com muitos pedidos; o melhor era apelar para diversos, dependendo do caso a ser resolvido.

Enquanto a mãe se distraía cuidando de suas panelas, Joana aproveitou e correu para o seu quarto. O que mais queria, naquele momento, era ficar sozinha para curtir tudo o que tinha acontecido.

Naquele dia nem quis jantar, só saiu do quarto para dar boa-noite aos pais, a Caramelo e a Bombom e voltou para a cama. Não demorou quase nada para pegar no sono, ainda que desejasse ficar sonhando acordada mais um pouco. A emoção também estressa, sim! Ainda mais quando vem com a força da enxurrada depois da tempestade!

Mas, para compensar, teve uma noite cheia de sonhos! Como foram? Ah, isso só o caderno de Joana vai poder revelar...

O sonho desta noite foi o mais impressionante que já tive, desde que conheci Geninho. Só que não foi com ele, não. Com quem e como foi? Vou contar:

Eu estava sozinha, andando por campos floridos, cheios de papoulas vermelhas e margaridas brancas. Podia enxergar, ao longe, outros campos de girassóis, de rosas e de outras flores que eu não conhecia: lindas e multicores, exalavam um perfume inebriante.

Por esses campos passeavam coelhos, esquilos, borboletas e muitos, muitos passarinhos!

De tão distraída e encantada que estava, nem percebi que os campos tinham ficado para trás e que eu, naquele momento, estava diante de uma floresta cerrada, deslumbrante, mas assustadora! De repente, animais selvagens e ferozes começaram a rugir, depois foram aparecendo e se aproximavam de mim, ameaçadores. Fiquei aterrorizada e não conseguia esboçar uma reação sequer!

Daí, comecei a escutar uma música maravilhosa, divina, que foi tomando conta do espaço. Quando consegui, ainda parada, olhar para cima, dei de cara com uma cena inesquecível: a copa das árvores se abriu, formando uma clareira, e apareceram vários anjos que desciam e subiam, presos ao céu como se fossem marionetes manipulados por alguém lá de cima, tocando uns estranhos instrumentos de sopro. Demorei só um pouquinho para perceber que se tratava da mesma melodia que eu tinha ouvido na casa de Geninho, aquela que acalmou os cachorros.

Sabe o que aconteceu então? As feras da floresta se acalmaram também, algumas se afastaram e outras se aproximaram de mim, até chegarem bem pertinho e começarem a me fazer carinho.

Eu já não sentia medo algum, pois também estava encantada pela música dos anjos.

Sabe como foi que esse encanto se quebrou? Com a lambida gelada de uma onça-pintada, que me fez acordar, sentar na cama e me dar conta do sonho que havia tido.

Mais que depressa me levantei e vim até você, querido caderno, para registrar esse incrível sonho. E, enquanto escrevia, tive a ideia de pedir a Geninho que grave a música em uma fita para que Bombom e Caramelo também possam ouvi-la. Quero só ver a reação deles!

18 *A cabeça (sonhadora) no lugar*

— Madrugou de novo, Joana? O que foi que aconteceu? O dia ainda nem raiou direito!
— Foram os sonhos, mãe, outra vez. Mas não se preocupe, pois só os sonhos bons e bonitos me fazem madrugar.
— Já sei... Foi com o Geninho.
— Não exatamente, mãe... mas tem a ver com ele, sim. Só que eu preferia não falar sobre...
— Claro, filha, é um direito seu! Mas, e aí? Animada para a festa do dia 13?
— Sossegue, mãe. Estou animada para a festa, para os treinos do Vitória e, também, com as coisas que estão acontecendo entre mim e o Geninho. Finalmente parece que estou conseguindo conviver com tudo numa boa! É como se eu conseguisse deixar a cabeça só no lugar da coisa que estou fazendo, dá pra entender? Se estou nos treinos, só penso no Vitória, ou melhor, na vitória do Vitória. Se estou estudando, consigo deixar a cabeça ocupada só com a matéria...
— Ótimo, filha, entendo perfeitamente. E era isso mesmo que eu queria ouvir! Agora vamos para a cozinha que estou louca por uma xícara de café fresquinho. Além disso, você sabe que seu pai adora acordar com o cheiro do café pela casa...
— Por acaso já estão falando de mim, assim tão cedo?
— Nossa, pai! O senhor também caiu da cama?
— Ouvi vozes e resolvi participar do papo, posso?...
— Claro que pode. Eu estava mesmo pensando que seria bom marcar uma data para o jogo com o Espelunca, quero dizer, propor isso na próxima reunião, o que o senhor acha?
— Bem, filha, a princípio me parece uma boa ideia. Na próxima quarta-feira, dia da nossa reunião mensal, podemos discutir o assunto, todos juntos.

E foi isso que aconteceu. Para alegria de Joana, a ideia foi aprovada por unanimidade.

— Acho importante, sim, a gente ter uma data na cabeça. Dá mais motivação, mais força de vontade!

— Concordo com a Clara. E você, Luísa? — foi a pergunta de Helena.

— Também concordo, claro!

— Acho que todo mundo está de acordo com as três, não está?

Como o burburinho de assentimento foi geral diante da pergunta de Mazé...

— Tudo bem, pessoal. Mas quando e onde pode ser esse jogo? E como os adversários vão ficar sabendo? Quem é que vai propor a eles o desafio?

— Dessa última parte cuido eu, vô Teo. Não quero ir sozinha, mas quero falar, ah, disso eu não abro mão!

— Bem, quanto ao lugar, a nossa fábrica arrumou um campo de várzea, perto do rio, para os funcionários. Ainda não vi, mas dizem que está em bom estado. Dessa parte eu posso cuidar.

— Que bom, pai! E, quanto à data, o que é que o senhor acha? Será que vamos estar prontas, daqui a um mês e meio, por exemplo, logo depois das férias de julho?

— Acho que sim, Joana. Ainda mais se levarmos em conta que durante o período de férias podemos intensificar os treinamentos, o senhor não concorda, seu Teodoro?

— Concordo, sim, Manoel. As meninas já estão bem entrosadinhas. Mas acredito que vão estar no ponto, mesmo, lá pelo começo de agosto.

Pronto! O presidente acabava de bater o martelo. E, quando isso acontecia, a reunião terminava, deixando todo mundo muito satisfeito. A última palavra tinha de ser dada pelo sensato seu Teodoro, não à toa escolhido presidente do Vitória-Régia Futebol Clube, sob o olhar orgulhoso de dona Rosalice...

Depois de consultar o calendário, a data do jogo foi marcada: o primeiro sábado ou domingo de agosto, dependendo da disponibilidade do adversário. Como as férias terminariam no dia 31 de julho, o Espelunca poderia receber o convite um pouco antes do reinício das aulas e ainda teria um bom tempinho para se preparar. Como seria feita a comunicação? Por meio de uma carta registrada, a ser enviada pelo correio. Mais elegante, mais "profissional", foi a opinião de todos. É claro que Joana custou um pouco a se conformar, queria a todo custo ser a porta-voz do Vitória, mas acabou cedendo.

19 *Contagem regressiva*

Faltavam apenas alguns dias para a grande festa de Santo Antônio das Rosas, que, como padroeiro da cidade, tinha honrarias especiais no seu dia, 13 de junho. A festa começava com a alvorada da Banda Municipal, acordando, de madrugada, o povo da cidade com músicas juninas, para erguer o mastro do santo ao lado da igreja. Durante todo o dia, o altar de Santo Antônio, preparado com capricho especial, era visitado pelos fiéis, que levavam rosas vermelhas para depositar nos grandes vasos com água fresquinha, à espera das flores.

Uma missa campal era celebrada à tardinha, seguida pela procissão, normalmente acompanhada por uma verdadeira multidão. O andor do santo era esperado com ansiedade e emoção, pois costumava sair com um séquito de crianças que carregavam todas as rosas por ele recebidas. Uma verdadeira consagração! Dizem que a cada ano a quantidade de flores aumentava um pouco.

O alto-falante do coreto da praça principal tocava músicas juninas durante todo o dia. À noite, depois da procissão, uma animada quadrilha era dançada no jardim da praça.

Toda a história dessa festa, que já fazia parte da tradição cultural da cidade, era ensinada nos colégios, justamente nos primeiros dias de junho. Era uma forma de preparar os alunos para as comemorações, fazendo com que eles sentissem a importância da cultura popular de um povo, que tinha de ser transmitida de geração a geração para não se perder no tempo.

Foi assim que Joana ficou informada e pôde passar tudo o que aprendeu aos pais, para que a família pudesse, pela primeira vez, participar realmente de todas as etapas da festa.

Dona Teresa ficou tão animada que resolveu participar da quadrilha, com a filha, o marido e os pais, todo mundo de roupa igual ou parecida.

— Eu mesma posso improvisar alguma roupa para todos, Manoel. Sei que mamãe vai se oferecer pra me ajudar, ela adora uma folia!

— Ô, mãe, por que a gente não convida as outras pessoas do nosso clube para participar também?

— Gostei da ideia, Joana! Naquele mundaréu de gente, ninguém vai desconfiar que somos um grupo que por enquanto só funciona na clandestinidade...

Pronto. Como deu para perceber, o clube estava cada vez mais integrado, querendo ampliar suas atividades. A cada dia surgiam novas ideias, novas propostas:

— Depois que a gente puder assumir o Vitória publicamente, por que não desenvolvemos outro tipo de trabalho? Alfabetização de adultos, por exemplo... Fui professora a vida inteira, e uma das coisas que faço melhor é alfabetizar, Teresa.

— Podemos pensar na ideia, mãe. Eu poderia dar aulas de culinária, o Manoel, de marcenaria...

Joana, que nesse momento entrava na cozinha de sua casa, onde a mãe e a avó proseavam, enquanto enrolavam brigadeiros...

— Adorei a ideia! Pelo que pude ouvir, vocês estão pensando em ampliar as atividades do nosso clube...

— Exatamente isso, filha.

— Ah, o seu Anselmo me disse, outro dia, que a mulher dele, dona Isabel, também gostaria de participar do nosso clube e eu disse que tudo bem, que ela poderia ir à próxima reunião. Fiz mal, vó?

— Claro que não, Joana! E, se ela realmente vier, passaremos a ser o clube dos dezessete!

— Ah, outra coisa: vou fazer um caderno de ideias vitoriosas, não é um nome legal? Na próxima reunião, a senhora fala sobre o assunto das aulas de alfabetização e eu falo sobre a ideia do caderno de ideias. Por falar nisso, vou comprá-lo agora mesmo. Depois peço para as tesoureiras me reembolsarem o dinheiro.

— Isso mesmo. Organização é a alma do sucesso! Ou, pelo menos, parte dela...

20 À espera da grande festa

A preparação para a festa não interferiu nas outras atividades do pessoal, não. O tempo e a atenção foram muito bem distribuídos nos dias que a antecederam, de tal forma que até sobravam algumas horas para "fazer nada", se fosse o caso, e tempo suficiente para dormir.

Sabe o que Joana fazia nesse período reservado para o nada? Fazia nada sozinha, com Bombom e Caramelo, ou na companhia de Cármen e Sílvia, que, como ela previra, se tornaram realmente suas melhores amigas, aquelas com quem tinha mais afinidades, um jeito de sentir parecido.

As três conversavam sobre tudo, ou melhor, quase tudo... Sobre seus sentimentos em relação a Geninho, Joana ainda não tinha comentado nada. Tá certo que as duas já tinham desconfiado de alguma coisa, mas ela sempre desconversava, dizia que era só amizade...

Na verdade, o que havia entre eles era apenas um "clima", principalmente depois daquele beijo-selinho. Só que Geninho se afastou um pouco desde então, parecia até que estava querendo evitá-la.

Na véspera de Santo Antônio, logo cedo...

— Mãe, é hoje que eu pego o Geninho de jeito. Quero saber por que ele está fugindo de mim desde aquele beijinho de nada...

— Ah, quer dizer que agora já é um beijo de nada, é?

— Para causar esse tipo de reação, foi de nada mesmo. O que devia nos aproximar mais acabou nos separando! E quero saber o porquê disso tudo! E tem que ser hoje!

— Aliás, acho que você escolheu um ótimo dia, o dos namorados...

— Ah, mãe, eu nem tinha me lembrado disso...

• • •

Bem, para sorte de Joana, o encontro com o rapaz aconteceu na entrada do colégio.

— Que bom ver você logo cedo, Geninho! Podemos conversar um pouquinho em particular?

— Particular, Joana? Aconteceu alguma coisa grave?

— Não é grave, mas muito importante para mim. Venha, vamos para um lugar mais tranquilo. Vai ser rápido.

— Pois vá falando, então, que já estou ficando preocupado! Por acaso fiz alguma coisa que a magoasse?

— Fez, sim! Depois daquele... daquele beijinho que você me deu, aquele dia, na porta da minha casa... Bem, depois daquele dia, não sei por que cargas-d'água, você está me evitando, está fugindo de mim!

— Eeeeuuu, fugiiiindo?

— É, fugindo, sim! Vai ter coragem de negar?

— Bem, Joana... Eu... eu não vou negar, não! Acontece que me arrependi, sim, não porque não tivesse gostado, mas porque achei que foi muito atrevimento da minha parte. Afinal, você sempre agiu como minha amiga, só amiga, e... Bem, fiquei sem graça, sem jeito de me aproximar, de novo.

— Bobagem sua! Em vez de ficar imaginando, deduzindo, devia vir logo me perguntar se eu tinha ficado ofendida!

— E... por acaso você ficou?

— Claro que não, seu bobo! Surpresa, sim, mas ofendida, nunca!

— E... e... você também gos-gostou, como eu?...

Aposto que você está pensando: "Agora, sim, é ela que vai perder o jeito, a coragem, vai ficar vermelha, roxa de vergonha e vai sair correndo!". Que nada! Escute só...

— Claro que sim! Gostei muito. Demorei um pouco até perceber isso, mas depois que passou o susto fui sentindo uma coisa boa, deliciosa, que voltava toda vez que eu me lembrava do beijo...

— Que bom, Joana! Que alívio! Ainda bem que, desta vez, você tomou a iniciativa, pois eu estava completamente sem coragem. E triste só de pensar que ia perder uma amiga, uma amiga tão especial...

Nesse momento, o sinal de sempre convidava os alunos para a primeira aula do dia.

— Bem, Geninho, outra hora a gente se fala. Ah, eu queria lhe pedir um favor: será que você podia gravar em uma fita aquela música que ouvi na sua casa? Queria muito que meus pais, meus avós e meus bichos ouvissem.

— Claro, Joana, hoje mesmo! Quando estiver pronta eu levo pra você, tá?

— Combinado! Mas não precisa ter pressa, eu espero.

— E... e... você também gos-gostou, como eu?...

21 *13 de junho*

Finalmente o grande dia chegou! A cidade inteira amanheceu enfeitada de bandeirinhas coloridas. Aliás, isso também fazia parte da tradição: as famílias se esmeravam na decoração de suas casas e suas ruas. As casas mais antigas, com suas portas altas, acompanhando a altura das janelas, tinham altares montados para o santo nos parapeitos. Cada um caprichava mais que seu vizinho, escolhendo a toalha mais bonita, mais bordada, as flores mais coloridas, a imagem mais simpática do santo, no oratório mais valioso, mais antigo... E, no final das contas, quem ganhava com isso era a cidade toda!

Pessoas de outros lugares vinham para assistir e conferir o resultado desse trabalho, cuja fama já tinha atravessado fronteiras!

O clube dos dezessete estava preparado para dançar a quadrilha da noite, na praça em frente à igreja. Mas eles só se juntariam nessa hora, pois dona Teresa, seu Manoel e Joana, como festeiros de primeira viagem, queriam participar de tudo a que tinham direito!

— Engraçado, né, mãe? Mesmo com a vó Rosa morando aqui, a gente nunca veio para esta festa!

— Viemos, sim, algumas vezes, só para a procissão, mas você era muito pequena, não deve se lembrar. E só podíamos vir se o dia 13 caísse num sábado ou domingo, pois em Amoreiras não é feriado.

— Então vamos aproveitar e ver um pouco de tudo, não é mesmo?

E assim foi, realmente. De manhã, os três passearam pela cidade, para admirar os enfeites das casas e das ruas...

— No ano que vem, mãe, precisamos deixar nossa casa mais bonita, com mais bandeirinhas e bem coloridas, um altarzinho para Santo Antônio, quem sabe até um mastro... Pode deixar que eu cuido disso!

Depois do almoço, foram até a igreja para levar rosas a Santo Antônio...

— No ano que vem, mãe, quero trazer mais rosas. Podemos fazer vários canteiros no nosso quintal, a senhora não acha?

De tardezinha, já vestidos de caipira, acompanharam a procissão e foram encontrar os amigos para dançar a quadrilha, um dos momentos mais esperados da festa.

Só que antes foram se aquecer perto da fogueira, montada ao lado da igreja. Algumas pessoas chegavam com sua batata-doce ou espiga de milho verde para assar.

— Mãe...

— Já sei, Joana. No ano que vem, vamos trazer muitas batatas e espigas de milho também, não era isso que você ia dizer?

— Como foi que a senhora adivinhou?!

Bem, em volta da fogueira foram postas várias mesinhas e barracas que vendiam quentão (feito só com suco de laranja, especialmente para as crianças experimentarem) e várias comidas típicas do mês de junho: bolo de fubá, pé de moleque, docinhos de batata, abóbora e cidra cristalizados, paçoquinha, amendoim torrado...

— No ano que vem, a gente pode montar uma barraquinha, né, mãe? Só que a senhora põe alguém pra cuidar dela na hora da quadrilha, que é pra gente poder dançar até o fim!

Além de comer e beber, as pessoas também podiam fazer uma coisa que Joana não conhecia e achou o máximo: corresponder-se através do correio elegante. Do que se tratava?

Bem, é muito simples: primeiro você deve escolher alguém especial para quem deseja mandar uma mensagem. Daí é só escrever e pedir a algum mensageiro que entregue a correspondência, com a condição de manter sigilo absoluto, claro. A pessoa que escreve só se apresenta à outra se quiser. Para dificultar o reconhecimento, o mensageiro tem mil maneiras de despistar, dar voltas e volteios, fingir que entrega para outra pessoa...

Essa tarefa acaba sendo facilitada pela multidão, que sempre se aglomera nos arredores da igreja e na praça. É um mundaréu de gente!

Essa explicação foi dada a Joana por Cármen e Sílvia, que estavam sentadas em uma das mesinhas e convidaram a amiga para fazer companhia a elas. Seu Manoel e dona Teresa preferiram ir direto para a quadrilha, que já estava começando, e combinaram de se encontrar com as meninas mais tarde.

Sabe o que aconteceu cinco minutos depois? Chegou uma mensagem para Joana, que, de tanta surpresa e emoção, ficou sem saber o que fazer!

— Abra, Joana! Abra, leia e responda, senão o papo não continua e a brincadeira acaba!

— Mas para isso você tem de responder perguntando alguma coisa, entendeu?

Depois de alguns minutos de hesitação, a menina resolveu seguir a sugestão das amigas. E um papo delicioso começou a rolar. A única coisa chata foi que, quanto mais a conversa evoluía, mais confusa ela ficava quanto à autoria das mensagens recebidas, muito bem escritas, por sinal.

Quer ter uma ideia? O primeiro já foi de impressionar: veio em forma de acróstico!

J uro que nunca vi coisa igual!
O lhos vivos, negros como azeitonas,
A r de atrevida, de quem "mete a colher"...
N ariz empinado, língua afiada,
A ndar decidido, de quem sabe o que quer.

J oana, Joana, você não me engana...
O doce dos olhos não sabe esconder
A meiguice que mora no seu coração.
N ão adianta gritar, nem esbravejar,
A doçura revela seu jeito de amar.

— Meu Deus, quem será que me mandou estes versos tão bonitos? E, ainda por cima, com as iniciais do meu nome!

— Que legal, Joana! Foram os mais lindos que já vi!

— Vamos, agora você tem que responder, o mensageiro passa daqui a pouco para levar a resposta.

— Mas o que é que eu escrevo? Não tenho a menor ideia!

— Agradeça a gentileza, pelo menos, né?

Depois de muito confabular, Joana chegou a uma conclusão. Veja só o que foi que ela escreveu:

Além de elegante, seu bilhete foi emocionante, principalmente porque veio em forma de acróstico. Adorei! Só queria que se identificasse, ou pelo menos me desse alguma dica pra ver se eu descubro quem você é. Como já sabia o meu nome, imagino que deve ser alguém conhecido. Ou será que não?

Joana

A resposta seguiu, as três viraram girafas para tentar acompanhar o trajeto do mensageiro, mas nada. Impossível, no meio daquela multidão.

Outro bilhete chegou, outra resposta seguiu, mais um e mais uma, mais outro e mais outra...

Depois de um bom tempo...

— Olhem aqui, meninas. Se a gente continuar com esse papo sem fim, vai acabar perdendo a quadrilha. Vamos embora que já estou cansada de responder para um fantasma!

Quando as três amigas conseguiram chegar até a quadrilha, que, a bem da verdade, não era organizada como manda a tradição, pois com a multidão que superlotava a praça isso seria impossível, bem, quando elas chegaram, Joana deu de cara sabe com quem?

Primeiro, com Tonho Trovão e dona Zica, animadíssimos!

— Nossa, há quanto tempo, não, seu Tonho? Como vai, dona Zica?

— Muito tempo mesmo, Joana. Você sumiu, nunca mais apareceu lá pelos nossos lados!

— Um dia desses eu vou fazer uma visitinha, prometo.

Mal se despediu dos dois, outro encontro. E, desta vez, sabe com quem?

Com o dono do sorriso mais charmoso do mundo: Geninho, que olhava para ela de um jeito tão significativo que Joana ameaçou tremer e gaguejar, como acontecia logo que eles se conheceram. Mas, felizmente, ficou só na ameaça.

— Que legal ter achado você, Joana! Pensei que não fosse conseguir!

Então quer dizer que ele estava procurando por ela? Joana quase morreu de alegria quando constatou que o desejo tinha sido recíproco.

Daquele momento em diante, ela ficou na companhia de Geninho, de mãos dadas, tentando dançar no espaço mínimo que tinham à disposição. Conversar? Impossível, ninguém conseguia se fazer ouvir. O melhor era relaxar, cantar, dançar e deixar que a alegria que acaba nascendo dessa mistura transbordasse e derramasse pelo corpo, chegando até o chão. Já pensou em um lago de alegria em volta do coreto de uma praça? Que imagem maravilhosa! Que sensação deliciosa!

Na volta para casa, Joana se juntou aos pais e Geninho pediu licença para acompanhá-los. E foi só então que os dois, um pouco afastados dos adultos, puderam conversar.

— E então, Joana, gostou da festa?

— Adorei, Geninho! Principalmente por ter conhecido o correio elegante... Sabe que recebi vários bilhetes? E muito bem escritos, aliás.

Claro que a menina estava querendo provocar Geninho para ver se ele ficava com ciúmes...

— É mesmo? E você conseguiu descobrir quem mandou as mensagens?

— Bom, descobrir, descobrir, não... Mas desconfio que tenha sido um rapaz lindo e alto, que não é daqui, é de fora. Ele me olhava com muita insistência...

Só que mentir não era o forte de Joana, felizmente... A expressão do seu rosto revelava também a "cara" do coração.

— Ah, Joana, Joana, você não me engana...

— O quê? O que foi que você disse?

— O doce dos olhos não sabe esconder...

— Então foi você!!!

Ainda bem que estava escuro e não deu para perceber o vermelho-roxo-beterraba-vergonha que tingiu e esquentou seu rosto inteiro!

Joana não conseguiu articular uma frase completa até chegar em casa. Mal conseguiu dizer sim quando Geninho perguntou se, no dia seguinte, poderia levar-lhe a fita que já tinha gravado.

— Bem, mas eu só posso ir à tarde, tudo bem? De manhã já tenho um compromisso.

— Combinado. Aos sábados eu também só posso depois do almoço.

A despedida foi rápida, Joana entrou correndo e foi direto para o quarto. Queria reler mais uma vez todos os bilhetes e pensar um pouco melhor no que aquelas palavras significavam. Mas logo se deu conta de que estava sem condições de pensar. Seu corpo todo latejava e formigava de tanto cansaço!

"Vou dormir e deixar pra pensar no assunto amanhã. Sempre raciocino melhor de madrugadinha. Mas... que raio de compromisso será que Geninho tem nas manhãs de sábado?"

O que Joana nem de longe imaginava era o dilema que essa questão estava causando na cabeça do menino.

"Conto ou não conto? Se contar, vou trair a confiança dos meus companheiros, pois jurei guardar segredo; se ficar calado, vou trair a confiança da Joana, de quem já gosto tanto! Mesmo que ela não pergunte nada, meu silêncio será uma omissão, o que não deixa de ser muito grave, quase tão grave quanto a mentira... Ou será que não? Ai, que problemão, meu Deus! Como é que eu vou sair dessa? E como será que ela vai reagir quando souber da verdade, de outra maneira?"

Esse discurso tomava conta da cabeça de Geninho toda vez que o "problemão" ameaçava chegar perto de Joana. Chegava a tirar-lhe o sono, como aconteceu naquela noite, depois da festa de Santo Antônio.

22 *Mahler, Bombom e Caramelo*

Na manhã seguinte, dia de treino do Vitória, Joana quase perdeu a hora! Não fosse dona Teresa...
— Nossa, mãe! Dormi tão pesado que nem lembro o que sonhei! Que pena...
— No decorrer do dia você acaba se lembrando. Agora ande ligeiro, senão vamos chegar atrasados, os três.

— Ah, mãe, esqueci de avisar que o Geninho vai passar por aqui, de tarde, para trazer a fita que gravou para mim. Aquela, com a música que eu e os cachorros adoramos!

— Ótimo! A gente o convida para lanchar, então.

O treinamento daquela manhã de sábado rendeu muito. O time estava cada vez mais animado, unido e entrosado. Dava gosto ver! Aliás, o clube dos dezessete também seguia o mesmo ritmo. Você acredita que eles estavam até preparando uma camiseta especial para os membros da torcida organizada?

E você acredita também que a família das outras jogadoras foi se animando mais e mais, a ponto de querer fazer parte do clube?

— Calma, meninas. Vai ser ótimo ter a família de todas vocês no nosso clube, mas só depois do jogo, senão vai ser muito difícil manter segredo dos nossos planos. E, quanto maior a surpresa, mais forte o impacto que vamos causar! Pra começar, todos farão parte da torcida vitoriana, está bem assim?

Quando o sensato vô Teo falava, dificilmente alguém discordava. Ele acabava convencendo a todos não só pelo que falava, mas pelo jeito como falava.

Já sei... Você deve estar se perguntando se as famílias das outras dez jogadoras — pai, mãe, irmãos —, que naturalmente sabiam de tudo, estavam conseguindo manter segredo.

Pois estavam, sim, por mais incrível que possa parecer. Era como se um pacto fortíssimo unisse a todos, uma coisa bonita de se ver! Ninguém precisou fazer promessa, muito menos juramento. Eles simplesmente fecharam a boca em sinal de respeito. Mesmo aqueles que conheciam alguém do Espelunca. Está duvidando? Pois é a mais pura verdade!

Depois do treino e do almoço, Joana mal teve tempo de pensar em descansar, pois logo a campainha tocou.

— Deve ser o Geninho, filha. Vá atender.

E era mesmo. Geninho, a fita e...

— Trouxe também um pote de mel purinho para você, Joana. É de flor de laranjeira.

E, em seguida, baixando o tom de voz...

— Para você ficar ainda mais docinha...

— Ai, Geninho, você sempre consegue me deixar sem graça. Uê... mas o que foi que aconteceu com sua mão? Foi hoje de manhã, não foi?

— Foi, sim, quero dizer, hoje piorou, já faz dias que ando com o pulso meio aberto...

— E o que você andou fazendo para piorar?

— Ué... mas o que foi que aconteceu com sua mão?

— Eu? Bem, Joana, é uma história longa, mas vou lhe contar tudo...

— Se é longa, Geninho, melhor deixar para outro dia. Agora é bom a gente entrar, senão meus pais vão estranhar. E vamos logo colocar a fita, pois estou louca pra ouvir. Enquanto você prepara o toca-fitas, vou buscar Bombom e Caramelo.

O que foi que aconteceu? Bem, primeiro os dois se recusaram a ficar na sala enquanto Joana queria induzi-los a isso. Voltavam correndo para o quintal, para tomar o sol gostoso daquela tarde fria de junho. Foi assim até que a menina, cansada e desapontada...

— Chega de insistir. Vamos curtir a música, que vale mais a pena.

Os quatro ouvintes, então, fecharam os olhos e relaxaram, num gesto de entrega total à beleza daquela obra de arte. Geninho, sentado ao lado de Joana, até aproveitou o clima para segurar sua mão e dar uma apertadinha, de leve, no que foi correspondido, aliás.

Quando a música acabou, um silêncio de paz enchia a sala e as pessoas. E foi só depois que abriram os olhos e despertaram daquele estado de sonho que puderam perceber a presença de Bombom e Caramelo, deitadinhos, um encostado no outro, ao lado do toca-fitas.

Foi aí que aconteceu o fato mais impressionante: quando perceberam que a música não ia continuar, começaram a latir e a miar, sem parar!

— Acho que eles querem ouvir de novo, Geninho!

Dona Teresa acertou em cheio! Os dois se calaram, espreguiçaram e dormiram, grudadinhos no toca-fitas ligado, agora no chão, bem pertinho deles.

Só assim um lanche rápido pôde ser servido, para alegria geral. Afinal, a arte alimenta, mas não supre todas as necessidades do nosso organismo, não

é verdade? E, de barriga vazia, ninguém consegue achar graça e beleza em alguma coisa por muito tempo.

— Bem, dona Teresa, o seu lanche estava ótimo, como sempre, muito obrigado, mas agora tenho que ir embora.

— Volte sempre que quiser, meu filho. Joana, acompanhe o Geninho até a porta.

Lá fora...

— Bem, Geninho, muito obrigada pela fita, nem sei como agradecer. E... e queria dizer que... que adorei saber que foi você quem mandou aqueles acrósticos tão lindos!

— Tentei expressar meus sentimentos. E sempre me saio melhor quando faço poesia...

De repente...

— Escute aqui, Geninho, eu não estou acostumada com meias palavras, nem com rodeios... Isso me deixa muito nervosa, pisando em ovos... Sempre gostei de ir direto ao assunto. Afinal, você está querendo dizer que gosta mesmo de mim, que está levando a sério nossa... nossa amizade... ou sei lá como chamar?

— Ufa! Até que enfim você percebeu, hein? E agora? O que diria se eu lhe pedisse em namoro?

— Na-mo-ro?!

— Por que não? O que você tem contra?

— Nada contra, não... Só que, na verdade, Geninho, não sei bem o que vai mudar se a gente começar a namorar pra valer.

— Bem, mudar, mudar mesmo, acho que nada, mas é um compromisso...

— Compromisso? Bom, tenho que pensar um pouco, não me leve a mal. É que você me pegou de surpresa...

— Então, passo por aqui amanhã pra saber a resposta.

E, antes que Joana pudesse ameaçar qualquer gesto, Geninho a puxou para um abraço e deu-lhe um beijo: os lábios apenas roçaram sua boca e foram depositar-se na maçã do rosto, perto da orelha, escondida por uma mecha de cabelo.

Depois disso saiu correndo, deixando Joana muda, paralisada e atordoada!

— E agora, meu Deus? O que é que eu faço? Já sei... Amanhã bem cedo vou ter uma longa conversa com minha mãe. Ela vai saber como me ajudar.

A menina respirou fundo, várias vezes, e entrou em casa, evitando olhar de frente para os pais. Queria que a conversa sobre o assunto ficasse mesmo para o dia seguinte.

Mas o pior você não sabe: aquela cena de liga-desliga, late-mia ainda se repetiu muitas vezes, naquela tarde-noite, até que o sono também começasse a vencer os humanos... Por pouco, muito pouco, todos não dormiram ali mesmo, na sala, ao som de Mahler e sua sinfonia.

23 *A questão do sim ou não*

No dia seguinte, bem cedo, foi Joana quem despertou dona Teresa, num sussurro insistente.

— Acorde, mãe, por favor! Preciso ter uma conversa muito séria com a senhora.

— Hoje é domingo, Joana! Não dá pra conversar mais tarde?

— Não, mãe! É urgente, urgentíssimo!

Para evitar que seu marido também acordasse, dona Teresa resolveu sair da cama. E foi na cozinha, preparando o café da manhã juntas, que mãe e filha começaram a conversar.

— Mãe, quero que a senhora leia estes bilhetes que recebi de um admirador, ontem na festa, e depois descobri que eram de Geninho, que me pediu em namoro ontem à noite e ficou de passar hoje cedo aqui em casa para saber da minha resposta. O que a senhora me aconselha? Minha cabeça está muito confusa! Se eu disser sim, o que é que vai mudar? Mas se eu disser não...

— Calma, antes de mais nada, muita calma! Respire fundo, vamos sentar para tomar nosso café e, aí, então, conversamos o tempo que você quiser. Mas com calma, entendeu?

E Joana ouviu a mãe. As duas conversaram por um longo tempo e finalmente chegaram a uma conclusão: Joana diria a Geninho que preferia continuar como estavam, deixando que as coisas fossem rolando naturalmente, pelo menos por enquanto.

— E esse "por enquanto", filha, pode durar até o jogo com o Espelunca, detalhe que Geninho não precisa ficar sabendo.

Dona Teresa achava que a filha não ia dar conta das provas de final de semestre, que começariam na terça-feira seguinte, dos treinamentos intensivos nas três semanas de férias, da expectativa cada vez mais crescente com relação à partida-desafio contra o Espelunca e a nova situação que o namoro provocaria na cabeça e, consequentemente, na vida de Joana.

— Só de pensar em controlar tudo isso na cabeça e no coração, mãe, já fico exausta! A senhora tem toda a razão.

E foi a resposta sugerida pela mãe que Geninho ouviu de Joana quando passou por ali, um pouco antes do almoço.

Sua reação? Bem, é claro que se sentiu um pouco frustrado, mas fez o possível para demonstrar naturalidade.

— Tudo bem, Joana, tudo bem. Acho que vou viajar nas férias mesmo, meus pais estão planejando. A gente só volta a falar em namoro em agosto então.

E, para mostrar que estava tudo bem mesmo, Geninho resolveu aceitar o convite que dona Teresa lhe fez para almoçar.

— Claro que aceito, dona Teresa. Já deixei até meio avisado lá em casa... Eu sabia que não ia dar pra resistir ao perfume da sua cozinha!

— E também sabia que ia ser convidado, não é?

— E, se não fosse, eu me convidaria, Joana...

O domingo escorregou gostoso, fazendo com que todo mundo curtisse a preguiça do dia, numa boa. Era como se a única ordem, não só no lar dos Carvalho como em todas as casas de Santo Antônio das Rosas, fosse espreguiçar!

24 *O depois da festa*

A festa do dia 13 de junho era mesmo um marco para a cidade. Parecia que o ano se dividia em antes e depois de Santo Antônio. E a cabeça das pessoas acompanhava essa divisão.

Só que nem Joana nem Geninho podiam se dar ao luxo de ficar curtindo as lembranças, pois teriam pela frente duas semanas difíceis no colégio: prova atrás de prova. E foi dedicada a elas a maior parte da atenção e da energia de ambos naquele período.

Dessa maneira, os encontros foram quase furtivos, muito rápidos, só para trocar um "oi", um sorriso e um apertinho de mão.

Até os treinamentos do meio da semana foram cancelados por causa dos estudos.

Bem, no final do mês, as boas notas compensaram o sacrifício. Tanto Joana como suas companheiras de time se saíram muito bem nas provas.

De Geninho, a menina só teve notícias quando ele veio se despedir, pois estava de malas prontas para viajar. Contou que também tinha ido bem nas provas, que estava animado para sair um pouco e respirar novos ares, mas que queria que o tempo passasse depressa para não morrer de saudade...

— Eu também, Geninho, eu também vou sentir saudade... Boa viagem, então, e breve regresso, como diria minha vó Rosa.

Era um fim de tarde, quase noite, Vênus acabara de aparecer no céu, o horizonte ainda exibia aquele tom amarelo-avermelhado típico das tardes de inverno.

Os dois estavam sozinhos no portão que dava para a rua, deserta àquela hora, pois já fazia muito frio. O universo parecia estar conspirando a favor de todos os namorados, proporcionando um cenário tão romântico como aquele!

Não havia clima mais propício para que os dois se abraçassem, emocionados — afinal, era a primeira despedida! —, e depois ficassem se olhando, simplesmente, olhos nos olhos, até que as mãos fossem se soltando, devagar...

— Joana, espere... Eu preciso lhe dizer...

— Não, agora não! Não vamos quebrar o encanto deste momento!

Geninho se afastou, Joana entrou em casa e foi direto procurar a mãe.

— Foi tão bom, mãe! É como se a gente já estivesse namorando, mesmo que eu ainda não tenha dado a resposta... Foi diferente das outras vezes, não sei explicar direito...

— Não importa, filha. Essas coisas, esses sentimentos, a gente nunca vai saber explicar direito. Então, é melhor nem tentar. É sentir e pronto.

— Ai, dona Teresa, como é legal ter a mãe como melhor amiga! Sim, pois pelo menos por enquanto só tenho coragem de falar dessas coisas com a senhora. Nem com a Cármen e a Sílvia, minhas amigas mais chegadas, eu entro em detalhes. Fico só no geral...

— A única coisa que espero, Joana, é que você cresça confiando em mim como agora. Nunca tenha medo ou vergonha de contar ou perguntar nada, ouviu bem? Nunca!

25 *Férias, suor e saudade...*

Naquelas férias de julho, nem muito frio Joana chegou a sentir. Estava de tal forma empenhada nos treinamentos e na sua preparação física que sentia o corpo e o coração aquecidos. Ainda bem... Ela se lembrava de Geninho, sim, todos os dias, porém o que sentia era uma saudade boa, gostosa.

Mas não era só a saudade de Geninho que mexia com seu coração... Em época de Copa do Mundo, qual o brasileiro que não vibra e não torce com a alma e o coração verde-amarelo?

Pois é... A torcida organizada do Vitória também se reunia para assistir aos jogos do Brasil, com direito a uma mesa farta, forrada por uma toalha com as cores da nossa bandeira. Até pãezinhos verdes e amarelos foram feitos especialmente para a ocasião. Espinafre e mandioquinha emprestaram suas cores à massa da dona Teresa... Uma verdadeira festa a caráter!

Além de todas essas atividades, Joana ainda achava tempo para anotar suas ideias naquele caderno especial, que havia comprado só para isso. Eram ideias de todo tipo.

Quer dar uma espiadinha?

Formar um coral com o pessoal do Vitória e com quem mais se interessar, isso se a dona Diva concordar em ajudar.

Convidar seu Tonho Trovão e dona Zica para o jogo contra o Espelunca e também para fazer parte do clube.

Organizar uma campanha para reciclar o lixo.

Organizar outra campanha para a adoção de vira-latas.

Organizar uma biblioteca no bairro.

Fazer um bazar da pechincha para arrecadar o dinheiro necessário para tudo isso.

Só que a ideia, ou melhor, o trabalho prioritário, naquele momento, era acertar o time do Vitória, deixá-lo como uma orquestra afinada, tocando sob a batuta do seu Manoel, para o encanto da plateia! Jogar bonito e ganhar o jogo, claro!

E foi nesse sentido que todos os membros do clube colocaram seu entusiasmo e sua energia.

Os treinos, no quintal do vô Teo, passaram a se realizar três vezes por semana. No período da manhã, para poder acompanhar os jogos da Copa à tarde. Enquanto isso, dona Teresa e vó Rosa coordenavam outras tarefas, nas quais também estavam envolvidas as demais mães. Eram elas que preparavam uma alimentação balanceada para as jogadoras, vigiavam suas oito horas diárias de sono, davam os últimos retoques nos uniformes das meninas e da torcida organizada e permaneciam todo o tempo atentas, de olhos abertos e orelhas em pé, para manter tudo em segredo até que a carta-convite fosse mandada ao Espelunca.

Como o Brasil estava se saindo na Copa? Das oitavas de final ele havia passado para as quartas, com certa facilidade, pois era um dos times mais fortes de sua chave. Mas a segunda etapa prometia ser muito mais difícil. E como foi! Vitórias apertadas, um empate, muito sofrimento para todos os torcedores!

No final da terceira semana de férias, com o Brasil se preparando para disputar as semifinais, a carta finalmente foi escrita e posta no correio. Era curta e direta: um convite (a palavra desafio não foi usada, para não parecer provocação) para disputar contra o Vitória-Régia uma partida muito especial, pois seria o jogo de estreia do time.

É claro que no começo Joana foi contra, queria tudo diferente, era um desafio, sim, uma provocação, era para que todos eles percebessem, mais uma vez, que não estavam lidando com nenhuma banana! Mas é claro também que foram do vô Teo os argumentos que a convenceram a se comportar como uma pessoa bem-educada...

Quando a carta chegou à casa do capitão Duda, foi um rebuliço! Maneco, o fiel escudeiro, foi o primeiro a saber.

— Reunião extraordinária! Temos que convocar agora mesmo uma reunião extraordinária, Maneco! Ainda bem que a gente estava treinando bastante antes das férias.

— Mas a maioria do time ainda está viajando.

— Não faz mal. Vamos reunir os que estão aqui para tomar as primeiras providências.

— É, temos que discutir, temos que nos preparar, pensar em várias estratégias...

— Deixe disso, Maneco! Esse time da Joana deve ser perna de pau, isso sim. Aposto que, se a gente jogar metade do que sabe, já vai ganhar de goleada!

— Tem razão, Duda! Esse Vitória-Régia só pode ser um time de florzinhas que só com um assoprão vão murchar e despetalar...

— É só fazer um treino mais puxado na véspera e pronto. A parada está ganha, Maneco! Deixe as aulas começarem que a gente faz essa reunião, marca um treino e pronto. Vai ser moleza! O negócio, agora, é torcer pelo Brasil.

— É isso aí, Duda! Vamos sentar e escrever uma carta, dizendo que a gente aceita e concorda com tudo o que eles quiserem. Depois mandamos pelo correio também, num envelope bonito, que é pra gente não se rebaixar.

•••

Enquanto isso, na casa azul e amarela...

— Será que a carta já chegou, pai? Eu dava tudo pra virar uma borboleta e voar até lá, para ver a reação que eles vão ter... Ou já tiveram, talvez.

— É provável que já tenha chegado, filha. Mas o melhor é não perder tempo pensando em bobagens. Temos mais é que nos concentrar no Vitória e na vitória, isso sim!

— Na vitória do Vitória e na vitória do Brasil, né, pai?

— Claro, filha! E nas suas aulas, que já vão recomeçar, não é mesmo?

Quando pensou que voltaria a conviver com Geninho, diariamente, Joana ficou mais confusa que animada.

Mais tarde, conversando com dona Teresa...

— Será que eu gosto realmente dele, mãe, quero dizer, como namorado? As férias passaram voando, eu senti saudade, sim, mas não senti tanto a falta dele como eu imaginava.

— Isso só aconteceu porque você estava envolvida com muitas outras coisas, filha. Só os treinos do Vitória e a torcida pelo Brasil...

— É, talvez a senhora tenha razão... Vamos ver amanhã, quando a gente se encontrar, qual vai ser minha reação. E a dele também, claro! Quem garante que ele não sentiu a mesma coisa?

— Não fique se preocupando, filha, ou seja, não fique se ocupando antes do tempo!

— Que legal, mãe! Eu nunca tinha parado pra pensar que o verbo preocupar-se queria dizer ocupar-se antes! É verdade... Se a causa da preocupação não acontece, a gente sofre à toa e, se acontece, sofre duas vezes, não é mesmo? Nunca mais vou me esquecer disso!

26 Agosto, mês do d~~es~~gosto

Pelo menos naquele ano, Joana achou por bem mudar o dito popular.

— Este agosto vai ser do gosto! O desgosto vai direto para o esgoto!

E foi com esse estado de espírito que a menina voltou para o colégio.

Estava louca para ver Geninho, claro, sentir a reação de ambos, um diante do outro, e louca para ver os meninos do Espelunca que estudavam de manhã e sentir a reação deles também.

Com o coração batendo um pouco mais acelerado, procurava Geninho com os olhos, quando sentiu um toque no ombro...

— Que saudade, Joana! Essas férias foram as mais longas da minha vida!

Aquele toque, aquele tom de voz, suave e baixinho, roçando seu ouvido...

— Geninho! Quando foi que você voltou?

— Ontem à noite. Por mim a gente já teria voltado, mas meus pais não quiseram, nem minha irmã. E você... Viajou ou ficou por aqui mesmo?

— Fiquei aqui, nem uns dias em Amoreiras deu pra passar. Mas, com tanta coisa pra fazer e os jogos do Brasil pra assistir, acabei me distraindo e o tempo passou rápido.

— É, Joana, você não para mesmo, hein? Até nas férias arruma coisas pra fazer!

— Bem, ajudei minha mãe, fui bastante à casa dos meus avós, a gente tem visto os jogos lá, brinquei com Bombom e Caramelo...

— E... E aquela resposta... Quando é que você vai me dar?

— Resposta?... Ah, espere só mais uns dias, Geninho, por favor! Não me leve a mal, mas...

— Tudo bem, tudo bem, eu espero o tempo que for preciso. Só queria que você soubesse que meus sentimentos não mudaram, viu?

— Nem os meus, nem os meus... Só de olhar para você já deu pra ter a certeza disso.

— Ah, então quer dizer que a senhorita tinha alguma dúvida, é?

— Nãããão! Foi... Foi só jeito de falar! E, por falar em falar, faz tempo que você está tentando me contar alguma coisa, não está?

Ufa! Exatamente nesse instante, para alívio dos dois, o sinal de entrada tocou e eles apenas tiveram tempo de se despedir.

Joana passou a manhã tão emocionada que até se esqueceu de procurar os meninos do Espelunca para ver como estava a cara deles. O único rosto que via pela frente era o de Geninho, seu quase namorado...

Quando chegou em casa...

— Joana, o carteiro passou mais cedo hoje, e adivinhe o que ele trouxe!

— A resposta dos meninos?

— Exatamente! Deixamos para você abrir!

Ansiosa, quase rasgou o envelope! Depois de um minuto...

— Aceitaram! Eles aceitaram tudo: o jogo, a data, o lugar... Que legal!

— E o mais legal, filha, é que o jogo de vocês vai ser de manhã e a final da Copa, na tarde do mesmo domingo.

— Legal se o Brasil for mesmo disputar a final, né, pai?

— No meio da semana saberemos. Mas eu estou com muita confiança na nossa seleção, o time da renovação, sem estrelas que só querem brilhar sozinhas, esquecendo que futebol é um jogo de equipe.

— Bem, de qualquer modo, vamos ter uma semana animadíssima!

E bota animação nisso! Entre os últimos treinamentos, últimos preparativos e a torcida pelo Brasil, que conseguiu ganhar da Alemanha e ia para a final contra a Argentina, a semana não passou, voou!

Joana e Geninho chegaram a se encontrar algumas vezes, mas o papo foi rápido. A menina até pensou que tivesse acontecido alguma coisa. Geninho estava estranho, meio arredio, sempre com muita pressa... Mas, com tanta coisa importante na cabeça, não sobrava espaço para caraminholas.

27 Uma véspera mais que especial

Para todos os vitorianos, aquele sábado foi o mais significativo dos últimos tempos, no que se referia aos adultos, e o mais significativo da vida, em se tratando dos mais jovens!

Joana levantou cedo, achando que tinha madrugado, mas se surpreendeu ao encontrar o pai e a mãe já na cozinha, preparando o café.

— Pensei que só eu tivesse perdido o sono...

— Todos nós estamos ansiosos, filha, e não é pra menos. Justamente por isso, sugeri a seu pai que passássemos o dia em Amoreiras, o que você acha? Não é uma boa ideia sair um pouco da cidade?

— Sair?! Pensando bem, acho que é o melhor que a gente tem a fazer! Mas, em vez de chegar até Amoreiras, que não é assim tão perto para ir e voltar no mesmo dia, por que a gente não enche a cesta de piquenique, pega a nossa velha toalha xadrez, convida o vô Teo e a vó Rosa e vai até aquele lugar lindo e afastado, na beira do rio?

— Prefiro a sugestão de Joana, Teresa. É mais simples e vai ser menos cansativo, realmente.

— Então, mãos à obra! Enquanto eu preparo a cesta, Joana, você telefona para seus avós, e seu pai vai fechando a casa e preparando o carro. Mas, antes, claro, vamos tomar nosso café da manhã com calma. O dia ainda nem nasceu direito!

Pois é... Naquele sábado, ele demorou um pouco para nascer, talvez porque quisesse caprichar ainda mais no visual... Só que valeu a pena esperar! O dia veio com um tom de azul tão brilhante que chegava a ofuscar! E não trouxe consigo uma nuvem sequer, o que ressaltava ainda mais o amarelo-dourado do sol! E o sol, então, inundou de luz e calor a natureza!

Foi esse o cenário que a natureza preparou para o piquenique de Joana e sua família.

Ainda não eram oito horas quando eles partiram. No caminho, Joana pediu que o pai desse uma paradinha na casa de Tonho Trovão, pois ela queria deixar um convite para o casal.

— Fiz por escrito e ainda disse que a gente ia reservar dois lugares especiais para eles assistirem à partida. E caprichei na letra!

• • •

Enquanto isso, quer dar uma espiada na casa de Duda, sede do Espelunca?

Janelas fechadas, silêncio, tudo indicava que a casa ainda dormia. Enquanto o sol não esquentasse para valer, o mais provável era que todo mundo ficasse debaixo das cobertas.

Foi pensando justamente em dormir até mais tarde que Duda marcou a última reunião do time antes do jogo contra o Vitória-Régia para depois do almoço...

Pelo jeito, o capitão não estava nem um pouco preocupado com a partida. O que eles tinham combinado era apenas um bate-bola e um papo, para bolar algumas estratégias.

— Vai ser moleza! — foi a frase mais repetida durante toda a semana que antecedera o jogo.

Só o jogador novo, responsável pela dispensa de Joana, que ia fazer sua estreia no time, parecia um pouco preocupado.

— Será que vocês não estão subestimando o adversário?

— Adversárias, cara. Não se esqueça de que vamos enfrentar um time feminino, delicado, cheio de não me toques...

Tão seguros eles estavam que resolveram suspender o bate-bola programado para assistir à decisão dos terceiro e quarto lugares da Copa.

— Vai ser um jogão de bola, pessoal! Alemanha e Itália! A gente vai treinar muito mais só de ver esses craques jogando.

O capitão falou, tá falado... Ainda mais que ele era o dono do pedaço.

De um lado, o excesso de confiança; de outro, a decisão responsável de descansar e relaxar para atenuar o nervosismo de uma véspera como aquela. Afinal, o trabalho tinha sido sério, longo e intenso. Portanto, a sorte estava lançada!

28 *Emoção em dose dupla*

O piquenique do dia anterior foi o melhor programa que a família poderia ter escolhido. Todos voltaram tão cansados e relaxados que dormiram um sono profundo e restaurador.

O café da manhã do domingo foi um pouco mais cedo e reforçado: ovos mexidos, pães, queijo, geleia, bolo, iogurte, cereais, café, leite e frutas, muitas frutas.

— Coma bem, Joana, pois vocês precisam de muita energia e fôlego para correr os noventa minutos. E coma devagar, mastigando bem, pra facilitar a digestão.

O combinado tinha sido chegar uma hora antes do jogo, já de uniforme, pois o campinho que seu Manoel conseguiu não tinha lá muitos recursos... Na verdade, só um gramado e duas traves. Além de não ter vestiários, também não tinha arquibancada. Imagine você como os vitorianos tiveram de sair de casa: cestas com água e sucos, maleta de pronto-socorro, banquinhos desmontáveis e almofadas para os mais velhos, pelo menos. Isso, sem falar nas faixas e bandeirolas feitas especialmente pela torcida organizada. Para a comemoração final foram levados até balões brancos e vermelhos cheios de gás, que deveriam chegar aos céus, para agradecer aos santos que dona Teresa havia acionado. Como você vê, a vitória era tida como certa e segura.

Agora imagine a reação dos meninos do Espelunca quando chegaram, meia hora depois, e deram de cara com aquele cenário festivo, colorido e aquela torcida animadíssima. Um olhava para a cara do outro, todos mudos e boquiabertos com a surpresa!

— Duda, você imaginava isso? Será que o time também está afinado, como a torcida?

— Hã? Bem... Ora, isso é só fogo de palha. Deixem a partida começar que o pessoal vai começar a chorar, isso sim. Quem ri por último...

— É isso aí que o Duda falou! Vamos para o aquecimento, pois não temos tempo a perder.

— Isso mesmo, Maneco! Vamos mostrar para as florzinhas que futebol é coisa de homem!

— Que comentário machista, Duda!

— Escute bem, cara. Primeiro você mostra serviço, depois dá palpite, tá legal? E tome cuidado pra não engolir nenhum frango logo na estreia, hein?

Quando faltavam dez minutos para as dez horas, o juiz pediu que os dois times se aproximassem e chamou os capitães para o sorteio que decidiria o lado em que cada um deveria jogar e a quem caberia o pontapé inicial.

Foi exatamente nesse momento que Joana teve a "visão"! A surpresa foi tamanha que seus olhos chegaram a marejar e a boca só conseguiu balbuciar:

— Você, Geninho? Você?!

O rapaz chegou a esboçar um gesto de aproximação, mas foi interrompido por um grito:

— Pro gol, cara! O jogo vai começar!

Assim, os jogadores tomaram suas posições, esperando o apito inicial. Geninho, de um lado, tentava se concentrar ao máximo; Joana, do outro, procurava recuperar o controle que tinha perdido completamente.

— O que foi que aconteceu com nossa filha, Manoel? Está feito barata tonta!

— Olhe pro gol do Espelunca, Teresa.

— Meu Deus! Tomara que Joana não perca a concentração, Manoel. Se ela ficar muito nervosa, vai acabar acontecendo um desastre!

— Não é hora de agourar, Teresa, mas de rezar, isso sim.

— Mas pra que santo devo pedir, meu Deus? Será que existe algum protetor dos jogadores?

— Reze para todos, filha. Eu já comecei. E você, Teodoro, comece a rezar também. Não está vendo como sua neta ficou avoada depois que viu Geninho?

— Ara, Rosa, me deixe prestar atenção no jogo! Não ouviu o juiz apitar? Daqui a pouco Joana vai aterrissar, você vai ver.

Por falar em voar, se um helicóptero pudesse fazer uma tomada aérea do campo, mostraria pontinhos vermelhos e brancos de um lado, amarelos e vermelhos do outro e gente, muita gente, exibindo todas as cores do arco-íris, em diversos tons e nuances, cercando o gramado por todos os lados! Ah, também veria um pontinho preto no meio dos jogadores, com seu apito pendurado ao pescoço. Sabe quem era o juiz? Um companheiro de trabalho de seu Manoel, que entendia muito de futebol, submetido antes à aprovação do Espelunca, claro.

29 *Primeiro tempo*

Bem, o jogo começou devagar, os times se observando, procurando se poupar, pois nenhum deles tinha jogadores na reserva. Se alguém se machucasse logo de cara, o time ficaria desfalcado, o que representaria um prejuízo fatal.

Assim foram os primeiros vinte minutos. Joana tinha reagido um pouco, mas estava longe do seu normal.

Logo no minuto seguinte, num lance de contra-ataque, a ponta-esquerda do Vitória saiu da posição de impedimento para receber um passe na medida certa de Telma e ficou frente a frente com o gol! Mas quando tirou os olhos da bola e olhou para o goleiro, para tentar encobri-lo, ficou paralisada.

— Chute, Joana! Não fique aí parada! Chute!

— Não vou conseguir, Geninho! — Joana sussurrou e acabou chutando fora.

Acabara de perder um gol praticamente feito!

— Essa não, Manoel! O que vai ser da nossa filha?

Seu Manoel nem conseguiu responder.

— Chute, Joana! Não fique aí parada! Chute!

Foi então que seu Teo, sempre tão sensato, reagiu de um jeito inacreditável. Invadiu o campo, chegou até Joana, segurou-a pelos ombros e disse, olhos nos olhos:

— Reaja, menina! Essa não é a neta que conheço!

Pelo ato intempestivo, acabou sendo duramente advertido pelo juiz, mas cumprimentado pela mulher...

— Gostei, Teodoro! Ainda bem que você perde a calma de vez em quando...

Ainda bem mesmo, pois a chamada teve efeito imediato. Depois de alguns minutos, Joana respirou fundo, levantou a cabeça, começou a incentivar as companheiras, pediu o apoio da torcida, roubou a bola que estava com Duda, deu um passe perfeito para Cármen, que tabelou com Sílvia, que tabelou com Cármen, que passou para Helena, que chutou e...

— GOOOOOOOOOOOL!

Esse primeiro gol da vida do Vitória foi comemorado com rojões, balões a caminho do céu, gritos, lágrimas, bandeirinhas tremulando, faixas erguidas, palmas, assobios e até banda de música, acredite se quiser... Acontece que o pai de uma das jogadoras era regente da banda da cidade e quis fazer uma surpresa para todos, aliados e adversários.

Se o juiz não fizesse valer sua autoridade, atendendo à justa solicitação do capitão Duda, a partida não seria reiniciada...

E o pior de tudo é que esse reinício marcou a reação do Espelunca, que se aproveitou da falta de concentração do time adversário, que se empolgou com o gol e a comemoração que ele mereceu.

Cinco minutos depois, com as meninas ainda um pouco desconcentradas, uma jogada inteligente entre Noel e Benê, que serviu a bola de colher para Tato, que esperava na boca da área, que lançou para Alfredo, que estava em posição melhor, que chutou forte e rasteiro no gol de Mazé, que se esticou toda e... e... conseguiu agarrar a gorduchinha!

Seu Manoel berrava feito louco, até o vô Teo perdeu de novo sua habitual compostura e deu outra bronca, dessa vez na turma toda.

— Acordem! Acordem e joguem, meninas, joguem tudo o que sabem e mais um pouco!

Chamadas aos brios, as vitorianas começaram a se recompor, a se entrosar novamente, até conseguirem equilibrar a partida.

Quando o resultado parecia garantido no primeiro tempo, prestes a terminar, numa jogada imprevisível, rápida e inteligente, Alfredo recebeu um passe de Tato, percebeu que a goleira estava adiantada, matou no peito e chutou redondo, colocando a bola no canto esquerdo do gol de Mazé.

Estava empatada a partida quando o juiz ergueu o braço e fez soar o apito, anunciando o fim do primeiro tempo.

30 *Intervalo*

Foi debaixo da copa de uma imensa figueira, perto do campo, que as meninas do Vitória foram descansar, matar a sede e ouvir a preleção não só do técnico como também do presidente do clube. O primeiro falou das falhas cometidas e das novas estratégias a serem utilizadas para suprir certas deficiências técnicas. Já o segundo, com aquela maneira suave e firme de dizer as mais duras verdades, apelou para o brio das jogadoras, pedindo mais raça, mais amor à camisa!

Houve também uma terceira preleção, rápida, mas trovejante...

— Força aí, meninas! Vocês estão muito bem, parabéns! Só falta um pouco mais de garra!

Em seguida, correu até o extremo oposto, do outro lado do campo, onde estavam os jogadores do Espelunca.

— Força aí, pessoal! Só que o primeiro passo que vocês devem dar, agora, é reconhecer que as meninas estão bem treinadas...

— Ô, seu Tonho! Que bom que o senhor veio torcer pela gente!

— Estou torcendo para que vença o melhor, meninos! Bem, vou voltar para o meu lugar, que a Zica já está me fazendo sinal. Boa sorte!

— Obrigado!

— Bem que o goleiro falou que a gente estava subestimando o adversário, Duda! E a gente não quis nem saber! E agora?

— Agora, Alfredo, a gente tem de marcar um gol logo de cara, depois mais um, se fechar na retranca e só jogar no contra-ataque.

— Falar é fácil, Maneco...

— Olhe aqui, pessoal, nós temos de acreditar que podemos ganhar este jogo, seja da maneira que for! Não podemos perder de um time feminino de jeito nenhum! Vocês já pensaram onde é que vai parar a nossa reputação, se isso acontecer?

— É isso aí que o Duda falou! E agora vamos indo que o segundo tempo já vai começar.

31 *Segundo tempo*

Os primeiros cinco minutos foram de equilíbrio e cautela. As duas equipes se observavam, para notar as eventuais mudanças táticas. Seu Manoel orientava suas jogadoras e seu Benê, pai do Benezinho do Espelunca, que resolveu fazer as vezes de técnico, cumpria a mesma função.

Sete minutos do segundo tempo. Numa cobrança de escanteio para o Espelunca, Guilherme deposita a bola na cabeça de Jorgito, o mais alto do time, que só fez colocar a redondinha no canto direito do gol de Mazé, na rede, só que do lado de fora...

Ufa! O grito de gol, ensaiado, acabou morrendo na garganta dos torcedores do Espelunca. A torcida do Vitória respirou aliviada. Calada, cabisbaixa, só reagiu quando ouviu os apelos de Joana outra vez. A torcida, enfim, acordou, a banda tocou e o time embalou!

Só que a sorte não estava exatamente do lado vitoriano. As jogadas eram feitas, e o time, bem esquematizado, chegava à grande área com certa facilidade, mas não conseguia concluir as jogadas. Ora era a trave que atrapalhava, ora a intervenção da defesa adversária, ora algum buraco no gramado...

Agora, verdade seja dita: desde o começo, a partida se desenrolava da maneira mais leal possível! Muito respeito, pouquíssimas faltas, e faltas leves, de ambos os lados. Bonito de se ver!

Bem, até os trinta minutos do segundo tempo a situação não mudou: os dois times atacavam, o Espelunca se defendia um pouco melhor, mas, apesar das dificuldades, a defesa do Vitória conseguiu barrar a investida dos adversários.

Os quinze minutos finais seriam decisivos. Para tentar a última cartada, seu Manoel mexeu no time e pediu que Helena recuasse um pouco para ajudar a armar as jogadas no meio de campo.

Foi providencial a mudança! O time ganhou agilidade, começou a atacar mais e mais e foi chegando com perigo ao gol de Geninho.

Outra cobrança de escanteio, desta vez para o Vitória. Joana vai para a cobrança, prepara a canhota, chega a fechar os olhos para se concentrar e não olhar para a cara de Geninho, e manda ver!

— GOOOOOOOOOL!

E que golaço! Joana conseguiu marcar um gol olímpico! Nem ela acreditava, demorou para comemorar, um pouco pela surpresa, outro pouco por Geninho... Que situação!

— Viu como valeu minha reza, Manoel?

— Valeu, sim, Teresa, mas pare de gritar que você já está quase sem voz!

Para falar a verdade, a torcida toda já estava rouca... mas feliz! E a banda, então? Nunca se ouviu som mais... mais alterado, digamos... Com a respiração descompassada, ninguém conseguiu tocar afinado. Mas, com certeza, o que soou foi o toque da emoção!

— Calma, pessoal, calma! Cabeça fria e no lugar! Ainda faltam dez minutos, tempo suficiente para muita coisa acontecer!

Mais uma vez foi o vô Teo quem jogou água na fervura.

Os ânimos serenaram, o Espelunca reagiu, fez ainda algumas jogadas perigosas, mas o time do Vitória estava mais para se defender do que para atacar.

Mesmo assim, num lance mais de sorte que de habilidade, o Espelunca pegou a defesa do Vitória desarrumada. Benê lançou para Tato, que recebeu em posição duvidosa, ficou cara a cara com a goleira e chutou.

— GOOOOOO...

O grito não se completou. Felizmente o juiz, muito bem posicionado, apitou o impedimento de Tato. O gol foi invalidado.

Os meninos do Espelunca ameaçaram reclamar, mas não foram adiante. Não havia o que discutir. Eles tinham de admitir que a marcação fora correta.

Minutos depois, o juiz levantou os braços e apitou o final da partida. Dois a um para o time do Vitória, que saiu carregado do campo!

Antes disso, os jogadores do Espelunca foram cumprimentar as vitoriosas. Não pense que foi fácil tomar essa atitude, não. Alguns eram contra, outros a favor, houve um começo de discussão, até que falou a voz da experiência:

— Calma, pessoal! Se vocês reconhecerem a superioridade do time adversário, num gesto de humildade e respeito, aposto que não vão ter de aguentar gozação nenhuma!

— É isso aí que o seu Benê falou! — concordou o capitão.

A decisão estava tomada. Foi mais um gesto bonito, que mereceu os aplausos e gritos de toda a torcida.

Daí para a frente, foi só comemoração. O clube dos dezessete tinha combinado que todas as famílias almoçariam juntas, no melhor e maior restaurante da cidade, como prêmio para as jogadoras. A pedido de Joana, Tonho Trovão e dona Zica foram incluídos no programa. E passariam a tarde ali com eles, para assistir à partida final da Copa no telão que o dono do restaurante havia instalado especialmente para sua clientela.

A ordem, portanto, era voltar para casa, tomar um banho relaxante, descansar, controlar as emoções da manhã e preparar-se para as que ainda estavam por vir, na decisão entre Brasil e Argentina.

32 *A torcida verde-amarela*

Já em casa, depois do banho e do lanche rápido que dona Teresa havia preparado, já que o almoço seria mais tarde, Joana só queria saber de sua rede.

— Filha, você não quer conversar sobre o Geninho?...

— Hoje não, mãe. Foram muitas emoções nestes últimos dias, estou com a cabeça aliviada, mas muito cansada e meio confusa. Só quero repor minhas energias para torcer pelo Brasil. Amanhã a gente conversa.

Aquecida pelo calor de Caramelo e Bombom, também deitados na rede, Joana dormiu um sono curto, mas reparador. Só acordou com o beijo da mãe, avisando que era hora de se arrumar para o almoço.

Saiu um pouco desanimada de casa, mas foi só chegar e olhar para o pessoal do seu clube, naquela mesona comprida, naquele clima de decisão de Copa do Mundo, que a menina já começou a se animar.

O almoço foi delicioso! Aliás, o simples fato de comer fora, tão raro na vida de Joana e sua família, já era motivo de festa.

O restaurante estava superlotado, muitas pessoas vestidas de verde e amarelo, dezenas de bandeirolas nas mesmas cores, que predominavam inclusive na ornamentação dos pratos.

Finalmente chegou a hora do jogo. Nervosismo geral! Era difícil controlar tamanha ansiedade! Não havia quem conseguisse ficar fora desse clima.

• • •

O primeiro tempo foi equilibrado, houve um certo domínio da Argentina, algumas jogadas perigosas para o gol brasileiro, mas o nosso time reagiu e chegou a dominar a partida nos últimos dez minutos. Não houve gols nos primeiros quarenta e cinco minutos.

No intervalo, o dono do restaurante mandou servir, como cortesia da casa, um cafezinho com sonhos, pequeninos, redondinhos, recheados com creme. Quase tão saborosos quanto os da vó Rosa...

Início do segundo tempo, os times voltaram mais soltos, mais ofensivos, ninguém queria uma disputa por pênaltis, seria um sofrimento a mais, um horror, ainda mais se o Brasil perdesse.

Aos quinze minutos, num lance individual, uma jogada genial do argentino Guillermo, que arrancou do meio de campo, passou por um, dois, três adversários, chegou a ser agarrado pela camisa, mas foi em frente e chutou forte, no canto esquerdo do goleiro Chicão. Gol. Um a zero para a Argentina, nosso eterno e maior rival.

Clima de velório no restaurante. Silêncio absoluto, tristeza, desolação.

Vale lembrar um detalhe importante: a Copa estava sendo realizada no México e a torcida local parecia inclinada a torcer pelo Brasil. Menos mal...

Animados pela marcação do primeiro gol, o time argentino ameaçou por várias vezes o gol brasileiro, mas a sorte também parecia ter passado para o nosso lado. Chicão fez defesas incríveis!

Aos vinte minutos, quem disparou do meio de campo foi o nosso Caíque, dominando a bola, dando um chapéu no primeiro adversário, driblando o segundo, o terceiro, até ficar cara a cara com o goleiro, que, num gesto de desespero, colocou sua perna no caminho do atacante. Pênalti! Pênalti claríssimo e indiscutível, a ser cobrado pelo próprio Caíque.

— Cartão vermelho pro goleiro!

— Silêncio! Vamos torcer para o garoto não errar! É muita responsabilidade em cima dele!

Mãos geladas, frio na barriga, coração a mil, o pênalti vai ser cobrado, algumas pessoas tapam os olhos, não querem ver, só esperam para ouvir o grito de...

— GOOOOOOOOOOOOOL! GOOOOOOOL DO BRASIL!

Imagine, agora, a reação de todas as pessoas que estavam no restaurante, e de outras tantas, que vieram atrás da atraente imagem do telão, espremidas, gritando e pulando, se abraçando e comemorando!

O jogo continua, o Brasil também se anima com o empate, a torcida mexicana grita, aplaude, incentiva, os brasileiros que estavam lá, então, só faltavam pular no gramado para beijar o bico da chuteira do Caíque.

Ainda faltavam vinte e cinco minutos, muita coisa poderia acontecer. O Brasil cresceu na partida, sim, ameaçou o gol argentino por algumas vezes, mas o adversário, cheio de garra, reagiu e chegou a equilibrar o jogo novamente.

Atacando e se defendendo, as duas equipes passaram os vinte minutos seguintes.

— Xi, a disputa vai para os pênaltis! Só faltam cinco minutos! Isso se a Argentina não marcar o segundo...

— Vire essa boca pra lá, agourento!

— Cala essa boca! Fora! Fora!

Houve um princípio de tumulto, a maioria queria expulsar o agourento do restaurante, as atenções foram momentaneamente desviadas, até que um grito paralisou todo mundo!

— GOOOOOOOOOOOL!

— É do Brasil! Só pode ser do Brasil! Quem foi? Como foi?

Poucos tinham conseguido ver que na cobrança de uma falta perigosa Zeca atirou uma bomba na rede argentina. Um chute indefensável!

Dali em diante, a festa não parou. Só faltavam três minutos... dois... meu Deus, que minutos longos!... um e meio, um... trinta segundos, a torcida vibrando de emoção... Fim da partida! Depois de vários anos de jejum, o Brasil é de novo campeão do mundo! Um título que só poderia ser comemorado com o apetite acumulado nesse tempo todo!

Festa no gramado, choro, emoção, festa na torcida, gritos, lágrimas, abraços...

Festa no maior e melhor restaurante da cidade, onde, aliás, a imagem de Santo Antônio tinha ficado em um lugar de destaque, enfeitado com rosas de todas as cores.

Confraternização, abraços, beijos, o coração verde e amarelo batia mais forte, não só nos torcedores ali presentes como em todos os brasileiros, seguramente.

No meio da comemoração, Joana sentiu duas mãos em seus ombros.

— Vamos festejar juntos as duas vitórias de hoje?

Mesmo sem olhar, aquela voz e aquele toque eram inconfundíveis.

— Geninho! Onde você estava que eu não vi?

— No meio de tanta gente não dava pra ver mesmo. Nosso time todo veio torcer aqui, por causa do telão. Os outros estão por aí... Você me desculpa? Eu não sabia o que fazer, tentei contar algumas vezes, mas não consegui...

— Eu também escondi a verdade, queria manter segredo...

Joana, então, ficou de frente para o rapaz, sorriu e correspondeu ao abraço que ele pedia com os olhos. Era impossível e nem valia a pena guardar mágoas num momento de tanta alegria! Naquela hora só importavam três coisas: o Vitória tinha vencido, ela tinha conseguido se impor de uma vez por todas, o Brasil era campeão do mundo — e uma vitória sobre a Argentina tinha sabor especial — e Geninho estava ali, demonstrando todo o seu carinho naquele abraço quentinho.

Depois da comemoração no restaurante, o pessoal foi continuar a festa na rua. E aí, sim, a confraternização foi geral! As diferenças foram esquecidas, as rivalidades deixaram de existir. Não havia vitorianos nem espelunquenses: ali eram todos brasileiros, comemorando uma vitória maior, a do próprio país, cuja equipe tinha honrado a camisa! Não havia espaço para sentimentos menores, mesquinhos.

Aliás, em qualquer situação, não deveria haver espaço para esse tipo de sentimento na vida de ninguém.

33 *O dia seguinte*

Para sorte de todos, o feriado do aniversário da cidade caiu justamente naquela segunda-feira. Na casa de Joana, a ordem foi a seguinte:
— Ninguém tem hora para nada amanhã! Vamos dormir até o sono acabar, comer quando sentir fome, beber na hora em que sentir sede, falar se quiser, quando quiser.

E é claro que a ordem foi obedecida sem reclamações...

Um pouco antes do meio-dia, a família tomava um lauto café da manhã, que valia por um almoço — ovos mexidos, queijo, suco de frutas, pão de ló de laranja, além dos corriqueiros e indispensáveis pão com manteiga e café com leite —, quando a campainha tocou.

— Quem será? Não estamos esperando ninguém!
— Deixe que eu abro a porta, mãe.

Era um mensageiro que tinha vindo entregar um pacote para Joana.

— Para mim? Mas quem foi que mandou?

— É melhor você abrir e ler o cartão que veio junto.

Foi o que a menina fez, imediatamente, morta de curiosidade, na mesa do café, sob os olhares igualmente curiosos dos pais.

— O presente eu mostro, mas o cartão vou ler sozinha, tá?

— Um quadro, com moldura e tudo? Vire para a gente poder ver, Joana.

— Uma flor, que linda! Olhem!

Em seguida, Joana correu para o quarto, com o presente nas mãos, louca para ler o cartão, que tinha vindo dentro de um envelope.

Querida Joana:

Rosa você já tem no nome. Como não foi possível ir até o Amazonas para lhe trazer uma natural, consegui este cartão-postal com uma vitória-régia e mandei emoldurar especialmente para você. Espero que seja o símbolo de muitas outras vitórias em sua vida.

Espero também que nunca mais a gente esconda a verdade um do outro.

Gosto muito, muito, de você! E de um jeito diferente, que nunca senti antes.

Geninho

PS: Às seis horas da tarde, vou estar no portão da sua casa. Se aquela resposta que estou esperando há muito tempo for sim, é só abrir a porta...

Naquela tarde, Joana não precisou dormir para sonhar... Olhava para a vitória-régia, lia o bilhete, uma, duas, dez vezes... Ficou recolhida em seu quarto, na companhia de Bombom e Caramelo, agasalhada até as orelhas!

No fim da tarde, vestiu sua roupa mais quente, mesmo estando longe de ser a mais bonita, e apareceu na sala, onde os pais descansavam.

— Finalmente resolveu sair da toca, hein?

— Fiquei curtindo meu presente, mãe. E descansando também, pois ontem foi o domingo mais agitado de toda a minha vida!

Naquele instante...

— A campainha! Deixe que eu abro, mãe! Só eu posso abrir!

— Que história é essa, menina?

— Na volta eu conto!

Quando Joana apareceu, Geninho abriu um sorriso de orelha a orelha. Ela agradeceu o presente, estendeu-lhe a mão e os dois começaram a caminhar em direção a uma pracinha, que tinha um canto reservado apenas aos namorados. Era uma área cheia de bancos onde só cabiam duas pessoas, cercada de pés de camélias brancas, todos floridos naquela época do ano.

O céu azul intenso de inverno deixou a lua aparecer mais cedo, em homenagem ao casal; até uma dama-da-noite, que ficava um pouco distante, chamou o vento para levar seu perfume até eles.

34 *Epílogo*

Setembro trouxe a primavera, que fez a família Carvalho florescer ainda mais. Só que a principal semente germinaria ainda por alguns meses, antes de brotar.

Foi nesse clima que dona Teresa reuniu a família toda, incluindo o genro — o namoro estava indo muito bem, obrigado —, para anunciar, depois de um caprichado almoço de domingo:

— Em abril do ano que vem nossa família vai aumentar. Você me ajudará a cuidar do Vítor ou da Vitória, Joana?

— O que a senhora está dizendo, mãe? Que eu vou ter um, uma...

— Exatamente, filha. Sua mãe está grávida.

Bem, daí em diante foi emoção e alegria rolando livres e soltas. Joana abraçava a mãe, que abraçava a própria mãe, que abraçava o marido, que abraçava Geninho, que abraçava o sogro... Dona Rosa chorava, seu Teodoro assoava o nariz, querendo disfarçar, seu Manoel exibia um sorriso de orelha a orelha, Joana também chorava e Geninho compartilhava do sentimento geral.

— Que legal os nomes escolhidos, mãe! Adorei! Foi em homenagem ao nosso Vitória-Régia, não foi?

— E por falar nele, filha, quando é que as férias do time vão acabar? Você não acha que está na hora de marcar uma reunião para decidir o futuro do clube?

— Está mais do que na hora, pai. Podemos fazer isso no comecinho de outubro, o que o senhor acha? E logo depois começamos os treinamentos. Quem sabe o seu Tonho não concorda em organizar um torneio misto, não é mesmo?

— Ótima ideia, Joana. Podemos ir juntos até a casa dele, amanhã, o que você acha?

Joana não precisou responder. O companheirismo do namorado a surpreendia cada vez mais. Olhou para ele com tanta ternura que Geninho só se aproximou e tomou-lhe a mão.

— Vamos dar um passeio?

— Vão, sim, filhos, vão... A tarde está tão linda! Daqui a pouco nós também vamos, não é, Rosa? Faz tempo que não damos um passeio, só nós dois...

Seu Manoel foi para sua poltrona, com Bombom no colo, e dona Teresa resolveu ir descansar na rede da filha. Deitado no tapete ao lado, Caramelo lhe fez companhia. Nem tentou subir, coisa que sempre fazia com Joana. Na certa já tinha percebido que o colo da dona Teresa teria de ser poupado durante um bom tempo...

Agora que você já conheceu a Joana Banana, vale a pena conhecer a história de Catarina Malagueta, também escrita por Cristina Porto

Catarina Malagueta
Cristina Porto

Você vai gostar de ler estes outros livros da Série Vaga-Lume Júnior

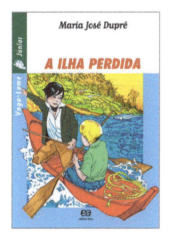

A ilha perdida
Maria José Dupré

O ladrão de sorrisos
Marcelo Duarte

O menino que adivinhava
Marcos Rey

No rastro dos caçadores
Sean Taylor

Pacto de sangue
Fanny Abramovich

O pinguim que não veio do frio
Wagner e Maga D'Ávila

editora ática

SUPLEMENTO
de atividades

Joana Banana • Cristina Porto

Nome ....

Ano .... Ensino ....

Estabelecimento ....

Joana Banana mostrou que tem fibra e que, mesmo sendo corajosa e brigando por tudo o que deseja, é uma garota sensível. Vamos agora refletir sobre as experiências dessa personagem.

2. Agora que você conseguiu organizar a árvore genealógica da família de Joana, é a hora de pensar na sua própria família.

a. Tente desenhar uma árvore genealógica em seu caderno para representar sua família. Não se esqueça de colocar o nome de seus avós por parte de mãe e de pai.

b. Preencha a fichinha abaixo comparando as informações pedidas.

O que seu Manoel gosta de fazer?
1. Como profissão: ....
2. Nas horas vagas: ....
....
....

O que dona Teresa gosta de fazer?
1. Como profissão: ....
2. Nas horas vagas: ....
....

O que Joana gosta de fazer?
....
....
....

O que seu pai gosta de fazer?
1. Como profissão: ....
2. Nas horas vagas: ....

O que sua mãe gosta de fazer?
1. Como profissão: ....
2. Nas horas vagas: ....

O que você gosta de fazer?
....
....
....
....
....

4. Mesmo contrariados, os meninos aceitam Joana no time. Afinal, querem muito participar do campeonato...

a. Ligue os acontecimentos corretos e relembre como a situação se desenrola.

Nenhuma outra equipe tem uma garota no time e isso deixa os meninos contrariados quanto à entrada de Joana no Espelunca.

Quase todos os times são mistos, por isso os meninos acabam aceitando a entrada de Joana no Espelunca.

Assim que a conhecem, os meninos do Espelunca acham Joana muito antipática e convencida.

Os meninos gostam muito de Joana e resolvem convidá-la para jogar no Espelunca.

Apesar do esforço, Joana não consegue se dar bem, e o Espelunca vence o torneio praticamente sem sua ajuda.

Contrariando as expectativas, Joana sai-se muito bem e ajuda o Espelunca a conquistar o título do torneio.

Joana fica muito indignada ao saber que foi substituída por um menino, mesmo tendo ajudado o Espelunca a ser campeão.

Após a conquista do torneio, Joana resolve sair do Espelunca e tentar montar um time de futebol só de meninas.

S	A	N	D	O	A	V	T	O	N	I	R	O	S	A	C	O
F	U	T	I	C	A	M	S	O	N	H	A	R	S	R	I	R
O	P	A	Á	M	A	N	E	T	E	V	E	S	O	T	R	R
T	C	O	R	R	E	I	O	E	L	E	G	A	N	T	E	E
U	I	S	I	P	A	D	A	R	I	S	D	E	H	E	M	I
R	T	R	O	M	B	A	D	A	F	T	R	F	O	G	A	R
O	R	V	E	T	D	A	E	S	C	I	L	M	S	O	D	S
A	N	T	O	V	N	B	A	N	I	R	D	Ã	S	R	O	S
A	T	I	N	D	O	C	O	L	E	G	I	E	S	A	I	D
P	Á	T	I	O	D	O	C	O	L	É	G	I	O	S	A	I

4. Só na hora do jogo do Vitória-Régia contra o Espelunca é que Joana descobre quem é seu substituto no time dos meninos...

a. Quem é o novo jogador?

....

b. Como Joana reage ao saber quem é ele?

....

....

5. Mas, no final, tudo acaba bem... Traduza a mensagem em código e relembre os últimos acontecimentos da história.

✽	✲	✚	☞	✱	✏	✠	✺	✶	●	○
a	b	c	d	e	f	g	h	i	j	l	m

■	✠	☆	□	◻	▲	▼	◆	❖	⊠	▮
n	o	p	q	r	s	t	u	v	x	z

D) O Brasil do futebol

Joana, sua família e todos os seus amigos adoram futebol. Os jogos da Copa do Mundo são motivo para muita torcida entre todos os personagens. Isso, na verdade, se repete por todo o país: ano de Copa do Mundo é ano de festa. Faça uma redação em seu caderno, contando como isso acontece em sua casa. Você gosta de futebol? E seus amigos, família e parentes? Imagine uma final de Copa do Mundo e conte o que você faria para comemorar se o Brasil fosse o campeão.

c. Se você enfrentasse uma situação semelhante, como se sentiria?

G Virando o jogo

1. Joana não fica nem um pouco feliz ao sair do Espelunca, mas muitas coisas boas acontecem para ela depois disso. No quadro abaixo há vários fatos. Selecione os que se relacionam com Joana.

( ) Vai viajar para o Rio de Janeiro.
( ) Faz novas amizades.
( ) Começa a fazer aula de dança.
( ) Cria um time de futebol feminino.
( ) Ganha um papagaio de estimação.
( ) Apaixona-se por um garoto do colégio.
( ) Muda-se para a casa de seus avós.

3. Geninho traz muitas mudanças para a vida de Joana. Procure no caça-palavras, da esquerda para a direita e de cima para baixo, as palavras que preenchem corretamente as lacunas do texto a seguir.

Joana e Geninho se conhecem ao darem uma .... no .... Joana passa a .... com o rapaz e escreve todos os seus .... em um .... Ela muda até sua forma de se .... , por causa dessa paixão, e decide se abrir com a .... , que passa a ser sua confidente. Geninho declara-se para Joana enviando-lhe mensagens através do .... , na festa de Santo Antônio das Rosas.

Joana Banana • Cristina Porto

B Joana Banana!!!

1. Assim que Joana chega de mudança em Santo Antônio das Rosas, um grupo de garotos começa a provocá-la, apelidando-a de Joana Banana. Por que isso aconteceu?

....
....
....
....

3. Na casa de Joana, cada um tem seu canto especial: seu Manoel tem uma poltrona só dele; a rede é o lugar em que Joana mais gosta de ficar... Na sua casa é parecido? Você tem um canto preferido? Qual?

....
....
....
....

2. Rapidinho, Joana resolve a situação:

( ) dando uma surra no líder do grupo;
( ) pedindo para seu pai conversar com os pais dos meninos;
( ) oferecendo-se para entrar no time e aceitando o apelido;
( ) jogando uma penca de banana nos meninos.

3. Se algo parecido acontecesse na sua vida, como você resolveria a situação?

....
....
....
....

Joana Banana • Cristina Porto

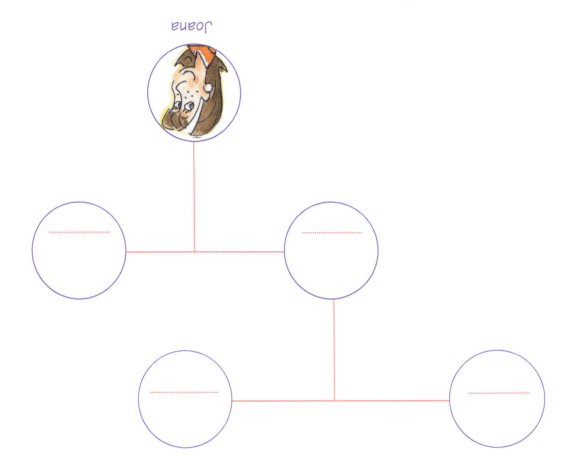

Joana

1. A família de Joana é muito unida e fica a seu lado em cada nova experiência, sempre apoiando-a e ajudando-a a realizar seus sonhos. Veja se você consegue completar esta árvore genealógica da família de Joana, colocando nas bolinhas os nomes das pessoas que sempre estiveram a seu lado.

De boca bem fechada
Liliana Iacocca

Ricardinho, o grande
Raul Drewnick

Escolinha de horror
Jackie Niebisch

Na mira do vampiro
Lopes dos Santos